KB061372

세리, 인생은 리치하게

세리, 인생은 리치하게

박세리 지음

위즈덤하우스

"세리야 아빠랑 공 치러 갈래?"

"삶은 땅콩도 사줄 거야?"

"당연하지!"

"좋아!"

초등학교 3학년, 가족들과 잠시 하와이에 머물던 때였다.

아는 사람도 없고 말도 안 통하는 나라에서

아빠가 제일 좋아하는 소일거리는 골프였다.

나는 아빠를 따라다니며 골프 치는 모습을 구경하는 게 좋았다.

아니, 사실은 아빠랑 같이 나가면 하와이의 특산물

삶은 땅콩을 실컷 먹을 수 있어서 좋았다.

으으, 잊을 수 없는 하와이 땅콩의 맛!

하와이는 공원도 넓고 아파트 단지 앞에는

널찍한 잔디가 펼쳐진 곳이 많았다.

어느 날 아빠가 바로 그 천연골프장(?)에 나를 데려갔다.

땅콩을 입에 넣으며 아무 생각 없이 앉아서 공을 치는

아빠를 구경하고 있는데, 갑자기 무슨 생각에서였는지

아빠가 골프채를 내게 건넸다.

"한번 쳐볼래?"

그동안 아빠가 치는 것도 많이 봤겠다,

그 정도면 나도 할 수 있을 것 같았다.

"좋아!"

이렇게 휘두르면 되겠지?

머릿속으로 아빠의 스윙을 떠올리며 있는 힘껏 공을 밀어쳤다.

"쨍그랑!"
어디선가 뭔가가 와장창 깨지는 소리가 들렸다.
아빠랑 나는 동시에 서로를 바라봤다.
"세리야, 얼른 가자!"

태어나서 처음으로 골프채라는 걸 잡아본 순간,
그것은 내 생애 첫 번째 샷이었다.

세상사 모든 일이 내 마음대로 되지 않지만
그럼에도 내게는 내일이 있으니,
오늘의 절망은 오늘의 것으로 묻어둘 것.

나는 그렇게 골프를 통해 인생을 배우고 성장했다.

최고의 골퍼가 되기 위해 앞만 보고 달려왔고 전반 9홀을 마쳤다.

이제 인생 후반의 9홀을 위해 '그립'부터 새로 배우고 있다.

인생이나 골프나 첫 티샷이 중요하니까.

차례

3장 · 날마다 새로운 오늘을 맞이하는 법

1장

누구에게나 인생의
두 번째 라운드가
찾아온다

—

안녕하세요,
사회초년생 박세리입니다

'아, 이제 짐 안 싸도 된다!'

24년의 선수 생활을 끝내고 제일 처음 드는 생각이었다. 짐 싸기, 짐 풀기, 이동하기, 짐 싸기, 짐 풀기, 이동하기의 무한반복이 드디어 끝났다! 여기저기서 은퇴 소감을 많이도 물어왔지만 내 머릿속에는 오직 이 투어 생활이 끝났다는 데서 오는 해방감뿐. 뭔가 거창한 답을 기대하셨을 분들에게는 다소 허망한 답변이었겠지만 이게 내 솔직한 심정인 걸 어떡하나.

하루아침에 실감이 나진 않았다. 대회가 끝나면 늘 새로운 대회를 준비하고, 시간이 되면 연습하러 나가고 체력 운동하고 집에 돌아오면 지쳐서 잠들고, 다음 날 일정을 생각하면서 선잠에 들었다가 긴장감 속에서 눈을 뜨고⋯. 이렇게 24년을 했으니 은퇴한 다음 날에도 몸은 이 생활을 선명하게 기억했다.

평소처럼 알람이 울리기도 전에 눈이 떠졌다. 골프 선수 박세리의 몸이 끊임없이 말을 걸었다. 일어나야지. 연습장 가야지. 짐 싸야 하지 않아? 공항에 갈 시간 아니야? 분명 어제 은퇴식도 했는데 이상하다. 그냥 대회가 없어서 한 주 쉬는 것 같다. 아니야, 나 어제 은퇴했어.

마지막 경기의 순간을 떠올렸다. 홀가분한 마음으로 첫 번째 티샷을 하러 나갔는데 주변을 둘러보니 갑자기 먹먹해졌다.

'대한민국 골프의 전설 박세리 당신을 영원히 기억합니다'

'사랑해 SeRi'

수많은 팬들과 어린이들이 이 문구가 새겨진 타월을 펼쳐 들고 나를 기다리고 있었다. 쏟아지는 함성 속에서 나는 대책 없이 울어버렸다. 잊고 있었다, 팬들의 함성이 나를 얼마나 행복하게 했었는지를. 원하는 샷에 성공했을 때, 멋진 샷을 보여줬을 때, 경기 결과가 좋았을 때, 팬들은 늘 그렇게 환호성을 보내줬다. 그 에너지가 너무 좋아서, 보답하고 싶어서 더 잘하고 싶었고 이만큼 성장했는데 그걸 잊고 있었다.

이 응원의 함성이 오늘로 끝이라는 사실을 받아들여야 했다.

그제야 설명할 수 없는 상실감과 고마움이 밀려들었다. 행복하면서도 슬픈, 후련하면서도 아쉬운, 미안하면서도 고마운 겹겹의 마음들이 느닷없이 들이닥쳤다. 마지막 퍼팅을 남겨놓고 이 복잡한 마음은 아쉬움으로 모아졌다. 아, 이제 더 이상 이곳에서 팬들을 만나지 못하고 이 함성을 들을 수 없구나. 내가 가장 멋있게 보였던 이 무대에서 내려와야 하는구나.

그래도 마지막을 장식해준 팬들 덕분에 지난 시간을 돌아보고 은퇴의 순간을 실감할 수 있었다. 3년 전부터 준비했던 은퇴였고 모든 게 끝나면 아주 홀가분하기만 할 것 같았는데 역시 마지막이란 건 쉽지 않다. 팬들 덕에 지난 시간이 얼마나 귀하고 소중했는지 다시 기억해낼 수 있어서 그저 고마운 마음뿐.

한때는 골프가 삶의 전부였던 시절이 있었다. 하지만 슬럼프를 겪으면서 지난 삶을 돌아보는 시간을 가져보니 골프가 내 삶의 전부는 아니라는 생각이 들었다. 직업이 한 사람의 전부가 될 수는 없지 않은가. 직업은 있다가도 없을 수 있고 언제든 변할 수 있다. 하지만 나라는 사람은, 내 삶은 계속된다. 이제 겨우 인생 1막이 끝났으니 2막의 시작을 위한 인터미션이라고 생각해야지. 그동안 화장실도 갔다 오고 물도 좀 마시고 다리도 쭉 펴면서 조금 쉬면 된다. 노련한 선수 시절을 뒤로하고 다시 사회초년생으로 세상에 나가야지. 신입사원의 마음을 떠올려봤다. 떨리고, 긴장

되고, 설레지만 앞으로 무슨 일이 생길지 기대할 일이 훨씬 많은 파릇파릇한 새싹!

모든 것을 처음부터 다시 시작해야 할 것이다. 그러면서 많은 어려움에 부딪히겠지. 그럴 때마다 늘 그랬던 것처럼 탈탈 털고 또 일어나야지. 일어나면 두 걸음 더 나아갈 수 있겠지. 삶은 늘 뜻대로 흘러가지 않지만 뜻대로만 흘러가면 재미없잖아.

은퇴식에서 그렇게 울고도 다음 날 다시 리셋되어 '나는 누구? 여긴 어디?' 상태가 되긴 했지만, 일단 새로운 날은 시작됐다.

사람들이 자꾸 물어본다.

"은퇴했으니 이제 뭘 하실 건가요?"

사람들아, 나 조금만 쉬자. 내일의 일은 내일의 나에게 맡깁시다.

다시 골프를
즐길 수 있을까?

한국에 돌아와 잠시 부모님 댁에서 시간을 보냈다. 최선을 다해 아무것도 하지 않고 쉬기 위해 노력했다. 하지만 역시 아무 생각 없이 쉰다는 건 내 체질에 안 맞는다. 그렇다고 뭔가 대단한 걸 하는 건 아닌데도 자꾸만 흘러가는 시간이 불안해서 다시 최선을 다해 아무 생각을 하지 않기로 했다. 시간이 지나면 익숙해지겠거니 하면서.

"세리야, 연습장 안 가냐?"

이게 무슨 소리지? 내가 드디어 환청을 듣는 건가? 어디서 나는 소리인가 고개를 돌려보니 아버지가 아주 의아한 표정으로 내게 말을 걸고 있었다.

"그래도 연습은 가야 하지 않겠어?"

"무슨 소리야. 내가 연습을 왜 해? 나 은퇴했잖아!"

아버지는 내가 은퇴를 했어도 30여 년 가까이 골프를 쳤으니 연습장에 가거나 필드에서 골프를 즐길 거라고 생각하신 모양이다. 이제 선수가 아니니 부담 없이 골프를 즐기게 될 것이라는 기대 때문이었을까? '연습장 안 가냐'는 말이 이상하고 낯설게 느껴지다니… 와, 아버지가 이렇게 말하니까 내가 은퇴했다는 게 실감이 났다.

골프 치는 게 재밌고 즐거워서 시작한 건 맞다. 그런데 좋아하는 일이 직업이 된다면? 다들 좋아하는 일을 하면서 돈도 벌고 명예도 얻는다는 게 마냥 행복한 줄 알지만 현실은 꿈과 다르다. 사람들은 내가 가장 잘할 수 있는 것, 내가 가장 좋아하는 것을 직업으로 삼고 좋은 결과도 얻었다는 것에 박수를 보내고 때로는 그걸 부러워하기도 한다. 하지만 그 과정이 얼마나 고되고 힘든지는 모르는 것 같다. 당연하다. 미디어에 보이는 건 우승의 환희와 기쁨, 영광뿐이니까 말이다. 우승 트로피를 두 팔로 번쩍 들어 올리기까지 겪어야 했던 뼈를 깎는 노력은 무대 뒤에 남겨지는 것이니까.

선수 시절의 시간이 마냥 즐겁고 행복하기만 했다면 그건 거

짓말일 것이다. 어떤 종목의 어떤 선수도 좋은 결과를 냈다고 해서 그저 행복하기만 할 수는 없다. 결과가 좋다면 계속해서 좋은 결과를 내기 위해 노력해야 하고, 결과가 나쁘다면 다음에는 좋은 결과를 내기 위해 노력해야 한다. 다음 대회를 준비할 생각만 해도 눈앞이 깜깜해질지도 모른다. 운동선수들 중에 승부욕 없는 사람은 없다. 아니, 누구보다 승부욕이 강하기 때문에 운동선수가 된 것일 수 있다. 나 역시 항상 '잘해야 한다'는 마음이 그림자처럼 따라다녀서인지 목표한 성적을 내지 못하면 그야말로 속에서 천불이 났다.

그런데 은퇴했다고 해서 하루아침에 마음이 편해지겠나. 정말 모르시는 말씀. 성적에 대한 부담이 없어졌으니 가능할 거라 생각하겠지만 운동선수의 기질은 쉽게 사라지지 않는다. 보통 사람들도 당장 재활용 쓰레기 버리러 나가기를 걸고 가위바위보만 해도 이기고 싶어서 배꼽이 간질간질하지 않은가. 잘하고 싶다는 마음, 선수로서 이기고 싶다는 마음이 아니라도 내가 평생을 바쳐 훈련한 운동이라면 언제 어디서든 잘해내고 싶다는 마음이 앞서는 건 당연하다.

현역 때처럼 매일 연습하고 훈련하는 게 아니니 당연히 그때만큼의 기량이 아닌데, 그런 모습을 군이 보여주고 싶지는 않다. 그리고 무엇보다, 연습장에 가고 싶은 마음이 전혀 없다! 다시 말

하지만, 나 은퇴했다고! 언제 한번 골프 같이 치자는 인사치레에
도 명쾌하게 그러자고 답하지 못하는 건 바로 이런 이유에서다.

그러니 너무 서운해 마시길.

이건 경험이야.

또 같은 순간이 왔을 때

이런 선택을 안 할 수도 있으니

이번에는 해보자.

삶이란
나만의 균형을 찾아가는 것

손이 따갑다. 왜 손이 따갑지? 뭘 잘못 만졌나? 어디 스쳐서 상처가 났나?

선수 시절의 나는 언제나 초긴장 상태였다. 골프 선수에게 중요하지 않은 신체 부위가 없겠지만 골프채의 그립을 잡아야 하는 손의 감각이 달라지면 경기 결과에도 지대한 영향을 미치니 예민하지 않을 수가 없었다. 물건을 하나 잡을 때도 긴장을 늦출 수가 없다. 혹시라도 잘못하다 손가락이 골절된다거나 상처가 나면 큰일이다. 남들이 보기엔 사소한 상처 같아도 그렇게 작은 상처 하나로도 성적은 달라진다.

조심한다고 해서 피할 수 있는 일도 아니다. 아무것도 하지 않았는데도 아침에 일어나서 갑자기 목이 안 돌아간다거나 담이 오기도 한다. 협회에서 같이 다니는 치료사가 있긴 하지만 이런 종류의 통증은 곧장 치료가 되는 게 아니기 때문에 대회 직전까지 시도해보고 해결이 안 되면 그 대회는 기권하는 수밖에 없다.

멀쩡하게 연습도 잘 마치고 1번 티를 하러 가서 공을 집어 들었는데 갑자기 허리가 뜨끔하면서 통증이 오는 일도 있다. 평범한 일상에서도 별거 아닌 움직임에 갑자기 허리를 삐끗하듯이 난데없이 불의의 통증이 벼락처럼 달려드는 것이다. 운동선수에겐 몸이 곧 재산이다. 선수 생활을 하는 동안은 이 귀한 재산을 잃지 않도록 매순간 조심하고 또 조심하며 관리해야 한다.

골프 선수로서 전 세계 곳곳을 돌아다니는 모습을 보고 세계 각지를 여행할 수 있어서 좋겠다고 말하는 사람도 있는데 모르는 소리. 매번 낯선 지역으로 이동해서 현지에 적응하고 최고의 기량을 펼쳐야 하는 건 엄청난 중압감과 긴장감이 연속적으로 이어지는 일이다.

공항에서부터 수하물로 보낸 골프채가 제대로 도착하지 않을까 봐 조마조마하다. 너무 늦게 나와서 이동 시간을 놓쳐서도 안 되고 도착한 골프채가 손상되지 않았는지 상태도 살펴야 한다. 심지어 수하물이 분실되거나 다른 곳으로 가버리는 사고가 발생

하기도 한다. 그나마 다음 날이라도 골프채를 찾아서 호텔로 부쳐주면 다행인데 영영 못 찾는 최악의 상황이 벌어지기도 한다.

직업적으로 비행기를 타는 일은 결코 즐거울 수 없다. 세계 곳곳을 다녀도 나는 해당 지역을 관광하거나 여유 시간을 보내본 적이 없다. 대회가 끝나면 다음 대회를 준비해야 한다. 하루라도 연습을 게을리하거나 건너뛰면 감각이 달라진다. 현역 프로 선수에게 여유를 찾기는 쉽지 않다.

선수 생활 24년 동안 정말 쉬지 않고 달렸다. 제대로 된 휴가를 즐겨본 적도 없고 매주 대회를 위해 이동하고 경기를 치르고 다음 경기 준비하기를 매일같이 반복했다. 그래야 최고의 컨디션을 유지하고 발전할 수 있다고 믿었다. 실제로 그런 노력들은 성적으로 보여줬으니 그 믿음은 변하지 않았다.

그러는 동안 내 어깨는 혹사당하고 있었다. 왼쪽 어깨 연골이 다 닳아버린 것이다. 부상으로 경기를 제대로 할 수 없는 지경에 이르렀다. 남들은 평생 쓸 몸을 수십 년 동안 몰아치며 써버렸으니 몸이 성할 리가 없었다. 수술을 해야 할 수도 있었는데 그것만은 정말 피하고 싶었다. 운동선수가 몸에 칼을 대기 시작하는 순간 선수로서의 수명은 급격하게 짧아지기 때문이다. 다행히 재활치료를 통해 부상은 극복했지만 후유증은 남았다. 지금도 여차 하면 팔이 빠진다.

은퇴를 하고 지난 시절을 돌아보니 그때 그 조급한 욕심들을 조금만 내려놓았다면 어땠을까 하는 생각이 든다. 한시도 쉬지 않고 연습하고 대회에 나가면서 부상을 당하지 않도록 관리한다는 건 어쩌면 불가능한 미션이었을지도 모른다. 부상을 조심하려면 무리해서는 안 되는데 무리하지 않으면 당장 성적을 낼 수 없으니 운동선수들은 대부분 후자를 택하게 된다. 하지만 내가 그때 부상을 입지 않았다면, 은퇴를 더 늦출 수도 있었을 것 같다. 그렇게 혹독하게 스스로를 내몰아치지 않았다면, 그래서 일과 삶의 균형을 맞추면서 조금 천천히 나아갔다면 좀 더 오래 선수 생활을 할 수 있었을지도 모른다.

외국 선수들의 경우, 특히 골프 선수들은 다른 종목에 비해 상당히 오랫동안 현역으로 활동한다. 종목의 특성이 그러하기도 하지만 선수로서의 일과 개인으로서의 삶을 어느 정도 분리하고 균형을 맞추기 때문에 가능한 일이기도 하다. 그러나 우리나라 선수들은 어릴 때부터 오직 운동만을 보며 달려가고 그 성과를 이루었을 때, 어쩌면 한창 때일지도 모르는 시기에 이른 은퇴를 할 수밖에 없는 경우가 많다. 나조차도 이런 사이클에서 자유롭지 못했고 후배들을 볼 때도 그런 점이 가장 안타깝다.

내 꿈이 누군가의 꿈으로 옮겨가는 것만큼 보람차고 즐거운 일이 있을까. 수많은 세리키즈들이 나를 보며 골프를 시작하고 내가 활동했던 LPGA에서 활약하고 좋은 성과를 내는 걸 지켜보는 건 정말 기쁜 일이다. 내가 현역일 때 어린 학생이던 아이들이 어느덧 부쩍 자라 뛰어난 실력을 가진 프로 선수가 되어 있다니… 성공적인 세대교체가 아닐까 싶다.

현역 시절에는 그저 흐뭇했고, 새로운 동료들의 탄생에 박수를 보내며 응원했다. 이제는 후배 선수들을 바라보는 시선이 달라졌다. 어쩐지 걱정스러운 마음이 앞선다. 먼저 경험한 선배로서의 마음이 이런 것일까. 내가 겪었던 시행착오를 후배들은 겪지 않았으면 하는 마음, 후배들은 좀 더 건강한 삶을 살았으면 하는 바람이 자꾸만 든다.

누구에게나 삶에는 균형이 필요하다. 직장에서 모든 에너지를 다 불태워버리고 번아웃증후군에 시달리는 사람들이 요즘은 너무 많지 않은가. 그렇게 밥벌이에 모든 걸 다 태워버리면 내 삶에 쓸 연료가 없다. 운동선수들도 대부분 '운동'에 모든 것을 다 소진해버리고 은퇴 후에는 어떻게 살아야 할지 몰라 혼란스러워서 방황하곤 한다. 건강하게 오랫동안 운동선수로 살기 위해서는 그만큼 나를 돌아보고 나를 아껴주는 자세가 필요하다. 어디서든 후배들을 만나면 이렇게 말해주고 싶다.

"네 몸은 네가 아껴야 해. 이렇게 행복한 운동을, 최대한 오래 해야 하지 않겠니?"

부디 모든 후배들이 나보다 더 오래오래 현역 선수로 왕성하게 활동했으면 좋겠다.

나의 반려견,
가족 이상의 가족

매일 짐 싸고 짐 풀고 이동하고 비행기 타는 메뚜기 생활을 하는 중에도 늘 나만 바라봐주었던 반려견, 해피. 잠시였지만 반려견과 함께 지냈던 시간은 정말 행복했다. 대회를 마치고 돌아오면 언제나 꼬리를 흔들며 나를 반겨주던 나의 룸메이트.

한창 현역으로 활동하던 시절이라서 해피에게 충분히 많은 사랑을 주지 못한 것 같아서 늘 미안한 마음을 안고 살았다. 언젠가 한국에 돌아가 정착을 한다면, 평생 사랑하고 돌봐줄 반려동물과 꼭 함께 살겠다고 다짐했었다.

"언니, 나랑 어디 좀 갈래?"

아는 동생이 어느 날 갑자기 근처의 애견숍에 가보자는 제안을 했다. 아니 얘는 뜬금없이 무슨 소리야.

언젠가 기회가 된다면, 인연이 된다면 반려견을 입양하겠다고 생각은 했었지만 동물과 가족이 된다는 건 아주 신중해야 하는 일이라서 충동적으로 결정할 일은 아니었다. 인연이라는 건 그렇게 억지스레 다가오는 게 아니니까. 한 번 내 삶에 들어오면 평생 가족으로 여기며 책임지고 돌봐야 하는 생명이니까. 그래서 뜬금없이 애견숍에 가자는 동생의 제안을 단칼에 거절했다.

그런데 이상하게 이 녀석이 아주 집요하게 나를 조르는 것이었다. 나는 아직 반려견을 입양할 생각이 없다고 몇 번이나 거절했는데 만날 때마다 자꾸만 묻고, 또 물었다. 원래 이런 애가 아닌데 무슨 바람이 들어서 자꾸만 조르는지…. 계속해서 거절을 하다가 어느 날 문득, 그래 한번 가볼까 싶은 마음이 들었다. 그날은 왜 그런 마음이 들었는지도 모르겠다. 뭐에 홀린 듯이 그 동생을 따라갔다.

머리만 이만큼 크고 몸은 비쩍 마른 아기 보스턴테리어가 작은 유리장 안에 웅크리고 있었다. 힘없이 처진 강아지의 모습이 안쓰러워 신경이 쓰였다. 차마 발걸음을 떼기가 어려웠다.

어휴, 쟤가 내 딸이구나.

모찌는 그렇게 내 삶으로 성큼 들어왔다. 마르긴 했지만 다행히 건강상의 문제는 없었고, 무엇보다 성격이 너무 좋아서 순식간에 나의 사랑스러운 가족이 되었다.

모찌와의 만남을 후회한 적은 한 번도 없지만, 아직도 가슴 한쪽에 아쉬운 마음이 있다. 내가 조금만 더 유기견의 현실을 잘 알았더라면 가족을 잃어버린 동물들에게 새로운 삶을 선물할 기회가 있지 않았을까 하는 마음. 지금이었다면 애견숍에 가지 않고 유기견보호소에 갔을 텐데, 그때는 사정을 잘 몰랐다. 그래서 모찌와의 인연을 생각하면 행복하면서도 늘 미안한 마음이 있었다.

한 번 강아지와의 인연이 시작되니까 묘한 인연들이 계속해서 이어진 것일까.

사실 모찌의 성격이 굉장히 독립적이고 내성적이라서 얘는 천생 외동이구나 생각하던 차여서 다른 강아지를 입양할 생각은 하지 못했다. 하지만 반려견과의 인연이란 하늘의 뜻으로 맺어지는 모양인지 어쩌다 보니 둘째 찹쌀이까지 내 품에 들어오게 됐다.

운명이려니 하고 집에 데려와 아이를 자세히 들여다봤다.

어? 그런데 걷는 게 좀 이상했다. 절뚝이는 것 같기도 하고 뒤뚱거리는 것 같기도 하고. 아직 애기라서 그런가?

일단 건강검진을 해야겠다 싶어서 병원에 데려가 검사를 했는데 맙소사, 찹쌀이는 선천적으로 고관절 양쪽 모두 상당히 안 좋은 상태였다. 수술이 불가피하다고 했다. 그때부터 병원이란 병원은 다 돌아다녔다. 혹시 오진이지 않을까 하는 막연한 희망을 품고, 치료할 수 있지 않을까 하는 기대를 안고.

병원에서 다리를 절단하는 게 가장 좋은 방법이라고 했지만 그것만은 피하고 싶었다. 수술을 하더라도 최대한 덜 불편한 상태였으면 했다. 파양을 권하는 사람도 있었다. 그건 정말 안 될 말이다. 어찌 됐건 내가 책임지기로 했고 나와 가족이 된 이상 나는 이 아이가 평생 건강하고 행복하게 살 수 있도록 모든 노력을 다해야 한다. 그렇게 쉽게 포기할 거였다면 애초에 데려오지도 않았을 것이다.

우여곡절 끝에 찹쌀이의 수술을 결정했다. 한 살도 안 된 강아지가 무려 두 번의 큰 수술을 견뎌야 했다. 여러 여건들이 꼬이면서 수술은 복잡해졌고 예후도 좋지 않을 거라고 했다.

"수술하고 나면 뒷다리 한쪽이 짧아질 겁니다."

"짧아지는 건 상관없어요. 찹쌀이가 더 이상 아프지만 않았으면 좋겠어요. 예쁘게 걷지 않아도 돼요. 통증이라도 줄여주고 싶어요."

수술은 잘 끝났다. 통증은 95퍼센트 정도 잡혔을 거라고 했다. 큰 수술을 견뎌준 찹쌀이가 고마웠다. 태어나서 지금까지 한 번도 제대로 뛰어놀아본 적이 없는데 앞으로도 그럴 기회가 없을 거라니 가슴이 아팠다. 예전에는 반려견 유모차를 끌고 다니는 사람들을 보면서 유난이라는 생각을 했다. 강아지를 굳이 왜 유모차에 태워서 다니지? 이제는 안다. 나이가 들어서, 몸이 좋지 않아서, 다리가 아파서 걷는 게 힘든 반려견들에게 바깥바람을 쐬어주고 싶은 다정한 견주들의 필수품이라는 걸.

통증이 잡혔을 거라고 했지만 찹쌀이는 아직도 다리가 불편한 모양이다. 아픈 쪽 다리를 잘 쓰지 않으려고 하는데 진짜 아파서 그러는지 어릴 때의 기억 때문에 아프다고 느끼는지 잘 모르겠다. 다행히 모찌와는 잘 지낸다. 여전히 병원에 가는 게 무서운지 차만 타면 엄청나게 긴장하지만.

찹쌀아, 이게 다 너를 위한 일이야. 엄마 마음 좀 알아주라. 알았지?

떡 삼 남매의
탄생

SNS를 시작하면서 몰랐던 사실을 많이 알게 되었다. 세상에
얼마나 많은 개들이 버려지고, 학대당하고, 실종되고, 안락사되
고 있는지 뒤늦게 알게 된 것이다. 매일 처참한 풍경들이 그 작은
화면 속에 나타났다 사라졌다. 어제까지 입양처를 찾던 개가 오
늘은 없다. 공고기간 내에 가족을 찾지 못하면 안락사당하기 때
문이다. 보호소가 꽉 차서 어쩔 수 없다고 했다. 예전에는 미처 몰
랐다. 반려견들의 예쁘고 사랑스러운 모습 뒤에 이토록 불행한
일들이 반복되고 있다는 사실을. 매일 인스타그램 피드를 통해
가족을 찾는 유기견들의 소식이 올라왔다.

평생을 더러운 철장에 갇혀 새끼만 낳다가 구조된 아이, 가족이라 믿고 따랐던 주인에게 잔인하게 학대당하다 구조된 아이, 도로변을 위험하게 뛰어다니다 구조된 아이… 개들은 저마다의 사연을 안고 보호소로 들어왔다. 보살피고 아껴줄 가족이 없으니, 새로운 개가 구조되어 들어오면 언젠가는 죽음으로 그 자리를 내줘야 하는 말도 안 되는 현실이 매일 새로운 피드로 올라온다. 마음 같아서는 보호소에 있는 아이들 전부 입양하고 싶은 심정이었다. 아, 저 아이들 중에 단 한 마리라도 내가 구할 수 있다면 얼마나 좋을까. 마침 넓은 집도 지었겠다. 모찌랑 찹쌀이에게 동생이 생겨도 좋지 않을까?

운명처럼 다가올 아이가 있으리라 생각하고 매일같이 인스타그램 피드를 끌어당기던 중에, 애린원이라는 곳에서 구조된 아이가 눈에 들어왔다. 이름은 먼지. 먼지는 몸이 아파서 치료를 받고 있었다. 인스타그램에서는 저마다의 아픈 사연이 있는 유기견들의 사진이 매일같이 올라왔지만 나는 자꾸 그 아이가 생각났다. 가족이 될 운명인가? 눈을 감으면 하얗고 보송한 털 사이에서 까맣게 빛나는 먼지의 눈빛이 떠올랐다. 마치 나를 보고 있는 것 같은 눈빛! 가족이 되어달라고 말을 거는 것 같은 그 눈빛이.

나는 이미 두 아이가 있는데, 게다가 찹쌀이는 몸도 성치 않은데 과연 세 번째 반려견을 감당할 수 있을 것인가. 모찌와 찹쌀이가 거부하면 어떡하나. 고민할 거리가 너무 많았다. 그러면서도 먼지의 눈빛이 자꾸만 아른거렸다.

밤새 잠을 제대로 잘 수 없을 정도로 깊은 고민을 한 끝에 결국 입양 문의 메시지를 보내기로 했다.

> 안녕하세요, 올림픽 여자 골프 대표팀 감독 박세리입니다. 저는 이미 반려견 두 마리와 같이 생활하고 있는데 우연찮게 먼지라는 아이를 보게 되었습니다. 제가 이 아이의 보호자가 될 수 있지 않을까 하는 생각을 했습니다. 입양 관련 상담을 요청드리고 싶은데 괜찮을까요?

그랬더니 전화벨이 울렸다. 아무리 검증을 하고 또 해도 입양 했다가 다시 유기하는 일이 워낙 흔하게 벌어지다 보니 보호소 에서는 입양 희망자를 정확히 확인하는 일이 무척 중요하다고 한다. 보호소에서는 유기견들이 다시 버려지는 일 없이, 끝까지 책임질 수 있는 사람을 선별하기 위한 많은 노력을 하고 있었다. 그런 와중에 일단 나는 신원이 확실했고 이미 반려견을 키우고 있는 것이 알려져 있으니 보호소에서도 관심을 주셨던 것 같다.

소장님은 내 목소리를 듣자마자 "박세리 감독님 맞네요" 하며 웃으셨다. 소장님은 몇 가지 질문을 하시며 반려견 입양에 관한 구체적인 절차를 자세히 설명해주셨다. 새로운 인연이 시작되는 순간이었다.

먼지는 그렇게 시루라는 이름으로 우리 가족이 되었다. 치료도 성공적으로 끝나서 아주 건강해졌다. 이렇게 모찌, 찹쌀, 시루가 모여 떡 삼 남매 완전체가 탄생했다.

유기견을 입양한다는 게 인간의 삶을 크게 바꾸지 않더라도, 그 개에게는 세계가 바뀌는 일이라고 했다. 나에게는 한 마리의 강아지였지만 시루는 인생을 통째로 선물받은 셈이다. 시루에게, 그리고 모찌와 찹쌀이에게 좋은 삶을 선물하고 싶다.

시루와 가족이 되어 무척 기쁘지만 그렇다고 유기견 입양을 무턱대고 권하는 사람이 되고 싶지는 않다. '사지 말고 입양하세요'라는 말을 넘어서 '입양은 신중하게'라는 말을 덧붙이는 사람이고 싶다. 방송에서 연예인들이 보호소의 개와 고양이들을 입양하는 모습은 분명 선한 영향력을 발휘한다. 나 역시 〈나 혼자 산다〉에서 성훈 씨가 유기견 양희를 입양해서 키우는 모습을 보고 영향을 많이 받았다. 시루의 입양을 결정하는 데에 중요한 자극이 되기도 했다.

보호소의 강아지를 입양해줘서 고맙다는 댓글을 많이 받는다. '고맙다'는 그 마음이 어떤 것인지 너무 잘 안다. 나 역시 한 마리라도 더 따뜻한 가족의 품에 안기기를 바라는 마음이 간절하니까. 그러면서도 한편으로는 조심스럽다. 동물을 입양하는 게 유행처럼 번져서 버려진 아이들이 또다시 버려지는 일을 겪지는 않을까 걱정도 된다. "사지 말고 입양하되 입양은 신중하게." 나와 시루의 이야기가 그런 메시지를 간접적으로나마 전달하는 통로가 된다면 더없이 좋을 것이다.

이제는 모찌, 찹쌀이, 시루가 없는 삶은 상상할 수조차 없다. 스케줄이 너무 많아지면서 업무차 서울에 거처를 마련한 후 아이들을 자주 볼 수 없어서 너무 아쉽다. 그래도 스케줄이 없는 날에는 꼭 대전에 내려가서 아이들과 시간을 보낸다. 강아지의 삶은 너무 짧고 사랑할 시간은 부족하다. 내가 더 노력하는 수밖에 없다.

혹시 나중에 같이 살고 싶은 남자가 생겼는데 강아지를 싫어한다면 어떻게 할 거냐고 묻는다면 내 답은 명쾌하다. 내 가족이 싫다는 남자랑 같이 살아야 할까? 그런 사람을 내가 굳이 만날 필요가 있나? 각자 맞는 사람을 찾읍시다. 후후.

내가 좋아하는 것들을 오래하기 위해서

조금 더 나를 돌아보고 아껴주자.

"결혼은
언제 하실 거예요?"

1. 결혼을 '언제' 할 것인가

결혼을 언제쯤 하겠다고 계획한다고 해서 그게 계획대로 실현이 될까? 결혼은 '내년에 수능 봐서 대학에 입학할 것이다', '다음 달에 퇴사하고 다른 회사로 이직할 것이다', '올해는 미라클모닝에 도전할 것이다' 같은 계획이 아니다. 원하는 시기에 계획한 결혼을 실행한 분들에게는 진심으로 박수를 보낸다. 그 어려운 걸 해내신 분들이니까.

2. '결혼'을 언제 할 것인가

결혼의 전제는 일단 결혼할 대상이 있어야 한다는 것이다. 결혼하고 싶은 마음이 들고, 상대 또한 같은 마음을 가졌으며, 가정을 꾸릴 준비가 되어 있는 두 사람이 존재해야 가능하다. 여러분, 일단 제가 그런 사람이 아직 없습니다.

3. 결혼을 언제 '할 것'인가

결혼은 '당연히' 해야 하는 것일까? 요즘 시대의 흐름을 보면 이 질문은 어째 좀 어색하다. 결혼은 선택이다. 할 수 있고, 하고 싶고, 준비가 된 사람은 한다. 할 수 없고, 하고 싶지 않고, 준비가 되지 않은 사람은 안 한다. 그런 사람도 있고 이런 사람도 있다.

사람들은 언제나 남의 연애사를 궁금해하는 것 같다. 연예인이라면 방송에서 그런 대화를 하는 것을 자연스럽게 받아들일 수도 있을 텐데 나는 정말 그 질문이 낯설었다. 남자친구 있냐, 연애는 안 할 거냐, 어떤 남자를 만나고 싶냐, 결혼을 언제 할 생각이냐….

아이러니한 건 결혼을 꼭 해야 하는 것처럼 말하면서도 정작 결혼을 하고 나면 많이들 한숨을 쉰다는 것이다. 결혼이 그렇게 좋은 거라면, 그래서 내게도 꼭 권해주고 싶다면 뭔가 장점을 얘기해줘야 할 것 같은데. 결혼도 결국 사람과 사람이 만나는 것이니 늘 좋을 수는 없다는 걸 다들 알고 있다는 의미가 아닐까.

물론 결혼에 대해 생각해보지 않은 것은 아니다. 결혼을 절대 하지 않겠다는 마음도 아니다. 나도 나이가 있으니 신체적으로 한계가 생기기 전에 결혼도 하고 아이도 낳아야 하는 게 아닐까 하는 생각을 하기도 한다. 하지만 지금의 생활이 나는 너무 행복하다. 현재의 삶을 충실하게 살아내면서 하고 싶은 일을 하고, 이루고 싶은 꿈과 목표를 향해 나아가고 싶다. 이런 나의 삶을 함께할 수 있는 사람이 나타난다면 자연스럽게 결혼도 하게 될 것이다.

누군가와 남은 인생을 평생 함께한다는 건 그리 단순하고 간단한 일이 아니다. 내 삶은 온전히 나의 것이 아니게 되고, 서로를 보살피고 사랑하는 만큼 서로에게 희생하고 양보해야 할 것들도 많다. 그게 배우자가 아니라도 누군가와 함께 살아간다는 건 쉬운 일이 아니다. 지금 내 삶이 편안하고 행복한데 이 리듬을 깨면서까지 함께하고 싶은 사람이 아직은 없다는 게 결혼에 대한 나의 답이다. 나는 이 일상을 계속 즐기고 싶다. 이런 나를 온전히 이해하고 받아들이는 남자가 과연 있을까? 있다면 좋겠지만 아직은 없으므로 결혼이라는 선택지도 '아직은' 없다. 인연은 억지로 만들어지는 것도 아니고 감정은 한쪽 방향으로만 흐를 수 없으니까.

가정을 꾸리는 게 인생의 종착역이라고 생각하지도 않는다. 지금 내가 하는 일을 더 잘하고 싶고, 하고 싶은 일을 더 열심히 하고 싶다. 여성들은 누구누구의 와이프라는 타이틀로 흔하게 불리지만, 남자들은 누구누구의 남편이라는 말을 어색해하지 않나? 솔직히 그것도 걱정이다. '박세리의 남편'이라는 닉네임, "감당할 수 있으시겠어요?"

그동안의 연애는 미국에서 했기 때문에 내 존재 자체를 부담스럽게 여기는 사람은 없었다. 비교적 쿨한 편이었달까. 이제는 한국에서 삶의 대부분을 꾸려나가야 하는데, 현실적으로 그런 부분이 걱정스럽기도 하다. 누군가를 만날 때 이 사람과 결혼도 할 수 있을까를 늘 생각하지만, 결국 가장 큰 벽은 나 자신이다. 나는 전업주부가 될 생각도 없고, 아이를 낳고 키우게 된다면 지금 하고 있는 일들에도 어느 정도 희생이 필요한데 내가 과연 그것을 받아들일 수 있을까? 이 모든 것들을 이해하고 응원해주는 친구 같은 사람이 나타난다면 한번쯤 고민해볼 수도 있을 것이다.

어쨌거나 결혼은, 할 수 있고 하고 싶고 준비가 된다면 하는 것이고 그렇지 않다면 안 하는 것으로. 언젠가 좋은 인연이 생긴다면 웨딩드레스를 입을 날이 올 수도 있겠지.

미국이
내게 선물한 것

미국에 살면서 힘든 점도 많았지만 새로운 문화는 내게 늘 새로운 경험을 안겨줬다. 특히 먹는 것! 초등학교 3학년 때 1년 정도 하와이에 살았을 때도 나를 위로해준 유일한 즐거움은 먹을거리였다.

아침에 학교 가는 길에 일단 마트부터 들렀다. 도리토스칩 한 봉지를 사서 와작와작 씹어 먹으면서 학교에 갔다. 말도 안 통하고 친구도 없던 터라 학교 가는 길이 즐거울 리가 없었지만 하와이에서 만난 도리토스라는 신세계가 잠시나마 나를 행복하게 했다. 수업이 끝나면 집에 오는 길에 슬러시를 사먹었다. 자잘한 얼음알갱이와 주스의 환상적인 조화! 하와이의 무더위를 한숨에 날려버리는 과일 슬러시가 없었다면 집에 오는 길도 그리 즐겁지 않았을 것이다.

아빠와 동네를 놀러 다닐 때는 삶은 땅콩을 사먹었다. 생전 처음 먹어보는 독특하고 고소한 맛의 땅콩은 나의 하와이 시절 전체를 지배했다고 해도 과언이 아니다. 흔히 먹는 땅콩을 소금을 넣고 삶았을 뿐인데 진짜 맛있었다. 나는 늘 그 땅콩을 입에 달고 살았다.

미국에서 선수 생활을 할 때도 음식은 나의 가장 큰 행복이었다. 당시만 해도 한국에서 접할 수 있는 외국 식재료나 음식들이 아주 많지 않았을 때니 미국에서 살지 않았다면 지금과 같은 취향은 가져보지 못했을 것 같다. 지금이야 한국에서도 마트나 편의점에서 와인을 쉽게 구할 수 있고 와인 전문숍도 흔하지만 그때는 훨씬 접하기 어려웠을 테니 말이다.

미국은 와인이 저렴하고 종류도 굉장히 다양했다. 사실 나는 특별히 술을 좋아하는 편이 아니었다. 술을 잘 못하시는 아버지가 선물 받은 양주를 그대로 장식장에 넣어둔 것을 보고, 세상에 이런 술들이 있구나 하는 수준이었다. 그런데 어느 날 와인을 한잔 마셔보고 눈이 번쩍 뜨였다. 아니, 와인이 이렇게 맛있는 술이었어?

자꾸 마셔보니 내가 어떤 와인을 좋아하는지 알게 되고 한 병, 두 병 사게 되고 급기야 집에 열심히 쟁여두기 시작했다. 물론 와인에 대해 잘 알지는 못했다. 그저 내 입맛에 맞는 와인을 찾아서 마시는 재미를 알게 되었달까. 게다가 와인은 다른 술에 비해 격조가 있으면서도 선물하기에도 알맞았다. 그때 어렴풋하게나마 나중에 은퇴를 하면 내 이름을 딴 와인을 만들고 싶다는 생각을 했다. '세리'라는 브랜드를 꿈꾸기 시작한 것이다. 세리와인, 생각만 해도 기분 좋은데?

그런데 그 일이 진짜로 일어났습니다?! 은퇴 후 우연찮게 와인 수입회사와 연이 닿았다. '세리와인'을 론칭할 수 있는 기회를 얻게 된 것이다. 내 이름을 딴 와인을 출시할 수 있다는 것 자체가 너무 기뻤다.

선수 생활의 대부분을 미국에서 보내면서 미국식 집 구조의 아름다움과 편의성에도 반하게 됐다. 널찍한 거실과 높은 층고, 광활한 마당이 내다 보이는 단독주택은 그 공간에 있는 것만으로도 마음이 뻥 뚫리는 기분이었다. 어릴 때부터 먹는 걸 좋아하고, 새로운 종류의 식재료와 음식들이 많았던 미국에서 다양한 것들을 항상 맛보며 즐길 수 있게 챙겨놓았다.

그게 지금까지도 이어져 꽉 찬 팬트리를 보는 것이 즐겁다. 그래서인지 그런 모습이 방송에 자주 비춰져서 난데없이 '리치' 언니가 돼버린 것 같지만.

은퇴 후 한국에 돌아와서 한동안은 부모님과 같은 아파트에 집을 얻어 지냈다. 그러면서 오래전부터 꿈꿔왔던 가족들이 다 같이 모여 사는 집 마련하기를 실행에 옮겨야겠다고 생각했다. 한집에 모여 사는 것이 아니라 각자 살 수 있는 독립적인 집이되, 같은 공간이었으면 좋겠는. 그때 떠오르는 것이 바로 미국에서 살던 집이었다. 한국에서도 해볼 수 있지 않을까?

꿈에 그리던 가족들의 집이 완성되고 방송에 집이 공개되자 사람들은 스케일이 남다르다며 경탄을 했다.

나는 워낙 집에 있는 걸 좋아하는 집순이라서 집 꾸미는 걸 무척 좋아한다. 내가 가장 좋아하는 공간, 가장 편안하게 쉴 수 있는 공간, 가장 자유로운 공간이 바로 집이니까 최선을 다해 꾸미고 싶었다. 세상에서 하나뿐인 나의 소중한 우승 트로피를 안전하게 보관하고 전시할 수 있는 장식장을 짜고 널찍한 조리대를 갖춘 주방을 만들었다. 깔끔하고 모던한 스타일로 직접 인테리어를 하면서 매일 핀터레스트를 뒤졌다.

완벽하진 않지만 내가 원하는 대로 집을 짓고 인테리어를 하고 가구를 들이고 나니, 잠시 미국에서의 기억이 떠올랐다. 여기 저기 이동하느라 제대로 정 붙이고 살지 못했지만 그래도 나에게 많은 경험을 선사해준 미국 집. 참 많은 사람들을 만나고 새로운 음식들을 만들어 먹고 나만의 공간을 만들어나가는 재미를 알게 해준 곳.

선수 생활의 고단함과 긴장감만 가득한 줄 알았는데 어쩌면 그 시절이 지금의 인생을 더 재밌게 살게 해준 귀한 시간이었던 건 아닐까.

제2의 인생,
살아보니 너무 좋다

방송이 이렇게 재미있는 일이었나?

우연한 기회에 시작하게 된 방송이었는데 하다 보니 너무 재밌다. 매번 새로운 사람들을 만나고 새로운 이야기를 나누고 새로운 경험들을 하고 있다. 방송이 아니라면 어디 가서 이렇게 밀도 있는 경험을 할 수 있을까. 국가대표 선수들은 선수촌에서 다른 종목 선수들과 마주치고 친해지기도 한다는데, 나는 그런 기회도 없었다. 그런데 방송을 계기로 세상의 거의 모든 종목의 여자 선수들을 매주 만나고 있다. 전국 각지에서 녹화가 진행되기 때문에 몸은 정말 힘들다. 촬영이 잡히면 아, 거기까지 또 언제 가지 싶어서 귀찮아 눕고 싶을 때도 있지만 막상 촬영이 시작되면 근심 걱정 다 잊고 재미있게 녹화를 한다. 원체 하기 싫은 건 안 하는 성격이라 방송도 즐겁지 않았다면 진작 그만뒀을 것이다. 그런 점에서 나 진짜 방송이 체질인가?

은퇴를 하고 나니 즐거운 기회들이 많이 생겼다. 은퇴를 하는 순간에는 구체적인 계획 같은 것이 없었는데 우연히 시작된 일이 다음 일을, 또 다음 일을 물고 온다. 방송도 처음에는 일상생활을 보여주는 관찰 예능에서 시작해 다양한 선수들과 만날 수 있는 예능, 그리고 골프 선수로서의 전문성을 살리는 예능까지 다채롭게 이어졌다. 중압감에서 벗어난 순수한 재미와 즐거움. 그것만을 누리고 살 수 있어서 행복하다.

물론 선수 시절의 삶이 행복하지 않은 건 아니었다. 단지 다른 종류의 행복이 왔을 뿐이다. 현역 시절의 행복은 우승의 순간에 느끼는 성취감에 가까웠다. 노력한 만큼 결과가 따라왔고 그에 대한 보상도 따랐다. 많은 기록들을 세우고 명예의 전당에 입성하는 영광까지 얻었다. 어린시절부터 꿈꿔왔던 성공을 이뤘다는 것에 대한 자긍심과 보람은 분명하게 존재했다.

그러면서도 온전한 행복을 느끼기는 어려웠다. 우승의 순간에 도달하기까지 가는 길이 몹시 힘겨웠기 때문이다. 힘들어도 힘들지 않다고 스스로를 다독이며 잠시도 쉬지 않고 앞으로 걸어가야 도달할 수 있는 길. 결국 그곳에 닿으면 행복할 게 분명하지만 그 순간을 위해 참고 견뎌야 하는 일이 너무나 많은 길. 그 길을 24년 동안이나 걸어왔다.

　그때는 그런 행복 외에 다른 종류의 행복을 느낄 수 있으리라고 기대하지 못했다. 운동선수에게 행복이란 성취를 바탕으로 한 것이 최고 수준의 기쁨이라고 믿었기 때문이다. 그런데 은퇴를 하고 방송을 시작하고 사업을 하고 국가대표팀 감독을 맡고 해설위원을 해보니 각각의 영역에 고유한 보람과 성취감이 존재했다. 와, 세상이 이렇게 재미있는 일로 가득하단 말인가.

　선수 시절에 내 머릿속을 가득 채운 생각은 오직 이 분야의 최고가 되고 싶다는 것이었다. 그 생각은 지금도 변함이 없다. 어떻게든 시작한 일은 제대로 해내고 싶고 내가 한다면 무엇이든 최고가 되고 싶다. 박세리가 뭔가를 시작하면 뭐든 제대로 한다는 평가를 받고 싶다. 물론 그 과정은 즐거워야 한다. 아직은 내게 열정과 에너지가 사라지지 않은 것 같다. 운동이 아니면 뭘 할 수 있을까 자주 생각해봤지만 그것이 방송이라고 생각해본 적은 없었는데 사람 인생 정말 모를 일이다. 뭔가 하고자 하는 욕심과 의지를 놓지 않으니 어디로든 나아가게 된다. 이렇게 산다면 인생 3막, 4막, 5막… 무한대로 살 수도 있을 것 같다.

　24년을 골프 선수로 살았는데 최근 몇 년 전에야 내가 햇빛 알러지와 잔디 알러지가 있다는 걸 알았다. 아니 이게 무슨 신의 장난이란 말인가. 더 재미있는 건 알러지 사실을 최근에야 알게 됐고, 알게 된 후로도 나는 변함없이 은퇴 전까지 골프를 쳤다는 것이다. 아휴, 이제 와서 알러지가 있다고 때려치울 수는 없잖아요. 피부가 벌겋게 일어나고 가려운데도 그냥 하던 대로 계속했다.

어떤 일이든 결국 마음가짐을 어떻게 하느냐에 따라 임하는 자세가 달라지는 것 같다. 선수 시절에 하기 싫고 힘든 것들을 모두 참아내고 견디며 살았으니, 알러지쯤이야 약 먹으면서 대응하면 될 것이다. 은퇴 후에는 다가오는 모든 기회들을 능력 범위 안에서 모두 잡으려고 했더니 굉장히 재미있는 일들이 마구 벌어지기 시작했다.

지금까지 선수로서 힘든 과정을 소화해냈으니, 이제는 즐겁게 살고 싶다. 좋은 사람들과 하고 싶은 일을 하면서 사회적으로도 많은 기여를 하고 싶다. 선수 시절에는 내 기록과 성적에만 집중하며 살았다면, 이제는 내가 가진 경험과 연륜을 적극 활용해 후배 선수들에게 좋은 영향을 미치고 싶다. 그 길을 위해 느리지만 하나씩, 하나씩 준비하고 실행하고 있다. 인생을 한 번 더 사는 것 같다. 은퇴 이후의 삶이란, 내게 주어진 두 번째 기회니까.

고단했던 선수 시절에서 벗어난 지금은,

새롭고 소소한 즐거움으로 가득하다.

즐거움이라는 거, 참 별거 아니구나.

—

2장

나에게 인색하지 않아야
모든 것에
넉넉해진다

—

돈을 대하는 자세가
마음의 형편을 결정한다

중학교 3학년 어느 날, 차창 밖으로 부모님이 누군가에게 고개를 숙이는 모습이 보였다. 얼핏 '며칠만' '부탁합니다' '시간을 좀 더' 같은 말들이 들려왔다.

부모님이 고개 숙인 모습을 보는 것은 너무 괴로웠다. 어린 마음에도 그 장면은 내게 아주 큰 상처가 됐다. 다시는 부모님이 남들에게 고개 숙일 일이 생기지 않았으면 했다. 내가 그렇게 만들어드려야지. 부모님이 남들한테 아쉬운 소리 할 일 없게 꼭 성공해야지.

그 시절 이야기를 들은 사람들은 이제 그렇게 원하는 바를 이루었으니 내가 아주 기쁘고 행복할 것이라고 생각한다. 물론 그렇다. 부모님이 더 이상 남들에게 아쉬운 소리 할 일이 없어서 기쁘다. 하지만 그것은 돈을 많이 벌었기 때문에 행복한 것이 아니다. 그때 내가 한 결심은 '나중에 꼭 돈을 많이 벌어야지'가 아니라 '나중에 꼭 성공해야지'였다. 돈은 목적이 아니라 성공에 따르는 부록 같은 것이다. 돈을 버는 방법은 많다. 내가 그때 돈을 많이 벌자는 게 목표였다면 이렇게 죽을 고생을 해서 골프 선수로 성공하는 것보다 더 쉬운 길을 찾을 수도 있었을 것이다.

내 목표는 내가 잘하는 것을 통해 꿈을 이루고 성공하는 것이었다. 골프 선수로서 성공하는 것이 목표였고 성공에 따른 상처럼 주어지는 것이 돈이었다. 돈에 대해서라면 딱 그 정도면 족하다. 더 많은 돈을 벌기 위해 원치 않는 것을 무리해서 할 필요도 없고, 내 돈이 아닌 것으로 무리해서 투자할 필요도 없다.

우승 상금과 각종 광고를 통해 내가 많은 돈을 벌었으니 어디 투자를 해서 수익을 내야 하지 않느냐고 권하는 사람도 있었다. 하지만 지금 먹고사는 데 아무 문제가 없는데 왜 굳이 그래야 할까. 나는 잘 모르겠다. 돈에 대해서라면 역시 딱 이 정도면 족하다.

욕심을 내자면 끝이 없다. 돈은 특히 그렇다. 세상에 유한한 욕심이라는 게 존재할까? '만족할 만한 많은 돈'이라는 게 있을까?

천 원을 가지면 만 원을 갖고 싶고, 십만 원이 갖고 싶고 백만 원이 갖고 싶고… 돈에 끝이란 건 없다. 그 욕심을 놓지 않으면 사람은 결코 현재에 충실한 삶을 살 수가 없는 것 같다.

'너는 이미 충분한 돈을 벌었으니까 그런 말을 할 수 있는 것 아니냐'라고 묻는다면 그렇다고도 아니라고도 할 수 없다. '충분한 돈'이란 게 뭘까. 충분한 돈의 기준은 사람마다 다르겠지만 지금 먹고사는 데 문제가 없다면 그것이 충분한 돈 아닐까? 그렇다면 세상엔 이미 충분한 돈을 가진 사람들은 수없이 많다. 결국 돈을 대하는 우리의 자세가 마음의 형편을 결정하는 것 아닐까?

개인적으로는 재테크를 따로 하지 않는다. 그런 분야에 관심과 소질이 없기도 하거니와 군이 리스크를 감내하며 살고 싶지 않기 때문이다. 투자를 통해 높은 수익을 얻을 수도 있지만 그만큼 잃을 위험도 있다. 하이 리스크, 하이 베네핏을 지향하고 실천하는 사람들의 삶의 방식도 물론 존중한다. 다만, 나는 그럴 용기도 의지도 없기에 그냥 이렇게 사는 게 좋다. 부지런히 살면서 부지런히 벌어 쓸 때는 쓰고 아낄 때는 아끼면서 적당하게 살고 싶다.

내가 좀 옛날 사람이라 그런지 모르겠지만 열심히 일하고 그에 대한 대가를 얻는 것을 중요하게 생각하고 가치를 두는 편이다. 자신이 좋아하는 일을 찾고, 그 일을 잘해내기 위해 노력하고, 그렇게 성취한 일을 통해 생계를 유지하며 지금의 삶에 충실하게 사는 것. 다소 느리고 고생스럽더라도 목표를 향해 한 발, 한 발

나아가는 과정 그 자체가 인생의 소중한 순간들을 만들어내는 게 아닐까.

당연하고 뻔하지만 '세상에 공짜는 없다'라는 말은 역시 진리다. 쉽게 얻는 것은 쉽게 사라진다. 고단한 과정을 통해 열심히 얻은 돈의 가치는 쉽게 얻은 것과는 비교할 수 없다. 그 돈의 가치는 스스로가 알기 때문이다. 그게 얼마나 노력해서 번 돈인지 내가 아는 이상, 그 값어치는 다른 누구도 측정할 수 없는 것이다.

처음으로 내 통장에 돈이 들어오던 날을 잊지 못한다. 혼자 미국에 건너가서 첫 우승을 하고 첫 상금이 입금된 날. 아, 내가 드디어 뭔가를 해냈구나. 지금껏 노력한 것에 대한 보상을 받는 날이 왔구나. 그것은 단순한 돈이 아니었다. 어릴 때부터 피나는 노력과 연습으로 준비해서 이룬 나의 값진 성취였다.

지금의 나를 있게 한 사람. 내가 골프채를 들고 이 세계에 발을 디딜 수 있게 한 사람. 첫 상금으로 아버지에게 처음으로 좋은 시계를 하나 선물했다. 나에겐 무엇을 선물했냐고? 나는 다음 대회 출전을 위해 곧장 다시 연습에 들어갔다. 그것이 나에게는 가장 큰 선물이자 투자였다.

멘탈 갑의
비결

미국에서 경기 준비를 위해 로커룸에 들어가면 등 뒤가 따끔따끔했다. 누가 자꾸 쳐다보는 것 같은데? 귀도 간질간질하다. 누가 자꾸 내 얘기하는 것 같다. 내가 아무리 영어를 못해도 대충은 알아들을 수 있거든?

아무런 준비도 없이 꿈만 안고 갔던 미국. 나는 일단 마음을 먹으면 곧장 실행에 옮기는 스타일이기 때문에 앞으로 부딪히게 될 상황 같은 건 생각하지 않고 일단 떠났다. 그런데 그저 로커룸에 들어가는 것부터가 쉽지 않다니. 그건 미처 생각을 못했네.

처음에는 그 묘한 시선과 알아들을 수 없는 말들이 신경 쓰여 로커룸에 들어가지 않고 차에서 옷을 갈아입었다. 대회가 끝나면 샌드위치 하나 사들고 호텔로 들어가기 바빴다. 내가 실행은 과감하게 하는 편이지만 낯을 좀 가리기도 했으니까.

하지만 언제까지고 그렇게 살 수는 없다. 어느 순간 문득 그런 생각이 들었다. '아니, 무슨 죄 지었어?' 내가 숨어 다닐 필요는 없었다. 영어를 못한다고 내 뒷담화를 한다고? 너네는 한국어도 못하면서.

"나를 그렇게 쳐다보는 거 불편해. 그러지 말았으면 좋겠어."

다른 건 몰라도 좋고 싫다는 의사 표현은 명확하게 해야겠다고 생각했다. 면전에서는 제대로 하지 못할 말을 뒤에서 수군거리거나 대놓고 무시하는 눈빛을 보내는 선수들에게 나도 대놓고 얘기했다. 아무 말 없이 조용히 있다고 너희들이 마냥 무시해도 되는 사람은 아니라는 신호를 보내야 할 필요가 있었다. 영미권 선수들의 텃세는 말도 못하게 심했다. 친절하고 좋은 선수들도 있었지만 영어를 못한다고, 조용한 아시아인이라고 함부로 말하고 행동하는 선수들이 있었다.

처음에는 그 자리를 피하는 것으로 대응했지만 그렇게 해서는 달라지는 것이 없다. 내가 표현하지 않으면 그들은 계속해서 없는 말을 만들어내고 왜곡하고 루머를 퍼트렸다. 이상한 소문은 결국 돌고 돌아 내 귀에 들어온다. 이럴 때 내가 바로잡지 않으면 말들은 내가 통제할 수 없는 곳으로 떠나버린다. 내가 이곳에서 제대로 살아남으려면 내 평판은 내가 관리하는 수밖에 없었다.

"나한테 하고 싶은 말 있니? 그럼 나한테 직접 얘기해. 뒤에서 얘기하지 말고."

내가 이렇게 다이렉트로 직진하면 대부분 당황한다. 뒤에서 얘기하는 것이 부끄러운 일이라는 건 그들도 아니까. 그렇게 면전에서 얘기하면 제대로 받아치지도 못하고 물러선다.

나는 잘못된 건 잘못됐다고 확실하게 말하는 사람이다. 혹여 내가 실수했다면 실수를 인정하고 사과하고 책임지면 된다. 내 평판을 지키고 내 멘탈을 관리하려면 모든 것을 투명하게 드러내고 찜찜한 것들을 남겨두지 않아야 한다. 아주 간단하지만 효과적인 방법이다. 우호적이지 않은 환경에서 살아남으려면 환경을 단순하게 만들어야 한다. 신경 쓸 것들이 너무 많아지면 멘탈은 흔들릴 수밖에 없다. 어떤 식으로든 내가 나를 지키지 않으면 살아남을 수 없다.

타인의 말이나 행동에 휘둘리지 않으려면 나에 대한 믿음이 제일 중요하다. 나에게 잘하고 있다고 말해줄 사람은 나밖에 없으니까. 나는 부족한 점이 있을 때 스스로를 타이르고 다독인다. 내가 나를 믿고 응원하면 주변에서 어떤 말들이 들려도, 어떤 방해가 있어도 나를 지킬 수 있다. 타인의 시선이나 평가에 휘둘려

봤자 나만 손해다. 그들이 내 인생을 대신 살아줄 것도, 책임져줄 것도 아니지 않은가.

태어나면서부터 스타가 되는 사람은 없다. 내가 할 수 있는 것은 자신 있게 하고, 부족한 것은 부족한 대로 인정하면서 자신의 삶을 만들어나가는 것이다. 미국에서 끝까지 로커룸에 들어가지 못하고 그들을 피했다면, 나는 계속해서 위축되었을 것이다. 위축된 마음은 직업적인 성취에도 영향을 미친다. 대회장에 들어가기도 전에 이미 마음이 작아져 있었다면 내가 그렇게 여러 차례 우승 트로피를 거머쥘 수 있었을까.

인생의 법칙은 때로 굉장히 단순하다. 나를 믿고, 나를 지키며 솔직하게 나아가면 된다. 물론 아무리 단순해도 그것을 실천하는 건 누군가에게는 아주 어려운 일일 수 있다. 그래도 항상 나의 목소리에 귀를 기울이라고 말하고 싶다. 지금 내가 원하는 것, 내가 느끼는 것, 내가 믿는 것, 내가 만들어나가고 싶은 삶. 자신의 목소리를 듣고자 노력해야 정글 같은 세계 속에서도 잡아먹히지 않고 살아남을 수 있다. 그러니 누군가 내게 멘탈 갑의 비결을 묻는다면, 없다고 답할 것이다. 나는 그저 스스로를 지키라는 내면의 목소리에 솔직한 삶을 살았을 뿐이니까.

인생에 징크스 따위
키우지 맙시다

"특별한 징크스가 있나요?"

운동선수가 받는 단골 질문 1번은 바로 징크스에 대한 것이다. 나도 정말 지겹도록 자주 이 질문을 받았다. 기대를 저버려서 죄송하지만 나는 징크스를 키우지 않는다. 징크스는 절대 끝이 없기 때문이다.

경기 결과가 좋거나 나쁘면 그 원인이 무엇인지 찾으려 애쓰게 되는데, 결과가 나쁠 때 더 집착하게 되는 것 같다. 사람들은 좋은 것에 대한 원인보다는 나쁜 것의 원인을 찾아서 없애버리고 싶어 하니까. 선수들의 징크스 사례를 보면 정말 기상천외한 것들이 많다. 경기에 무슨 영향을 미치기에 그럴까 싶은데 징크스의 종류를 말하자면 또 끝이 없으니 시작하지 않는 편을 택했다. 그래도 선수들이 왜 그렇게 징크스를 신경 쓰는지 그 마음은 나도 이해한다. 그것도 나름의 멘탈 관리 방법일 것이다.

나의 경우 징크스는 아니지만 시간에 대한 강박이 있는 편이었다. 절대 대회에 늦어서는 안 된다! 골프는 매주 경기가 있고 그 경기는 무려 4일 연속으로 진행되기 때문에 주 7일 중에 4일은 언제나 초긴장 상태로 잠이 든다. 대회 티업 두 시간 전에는 골프장에 도착해야 마음이 놓이니까 항상 늦지 않으려고 정신을 바짝 차렸다. 알람을 몇 개씩이나 맞춰놓고 긴장 상태로 잠이 드니 중간에 계속 깼다. 조금 자고 깨고, 또 자다가 깨기를 반복하다 결국 알람이 울리기도 전에 잠이 완전히 깨버려서 더 일찍 일어나는 경우가 부지기수였다.

그런데! 24년 선수 생활 동안 딱 한 번 잠에 패배한 적이 있었다. 그때의 일은 정말 지금도 미스터리인데, 도대체가 이해가 되질 않았던 일이다.

그날의 숙소는 골프장 클럽하우스 안에 있었다. 날씨 때문에 경기가 계속 지연되어서 마지막 한 홀을 남겨놓은 상태였다. 그 한 홀을 마무리해야 경기가 완전히 종료되는데 아침 7시 30분에 시작될 예정이었다. 7시 30분 시작이라면 그 전까지 몸을 풀고 준비를 끝내놓아야 한다. 나는 평소처럼 알람을 맞춰놓고 프런트에 모닝콜도 요청해둔 후 잠이 들었다. 그런데 뭔가 꿈속에서 시끄러운 소리가 들렸다. 쿵쿵쿵쿵… 쾅쾅쾅쾅… 어디서 공사를 하나? 공사하는 꿈을 꾸고 있는 건가? 아닌데… 이건 뭔가 두드리는 소리인데? 어? 누가 문을 두드리나? 꿈인가? 생시인가?

나도 모르게 몸을 벌떡 일으켰다. 누군가 숙소 방문을 미친 듯이 두드리고 있었던 것이다.

"세리 씨! 7시예요, 7시! 7시 반에 티업인 거 몰라요?"

헉! 미쳤다!

티업이 30분밖에 남지 않은 것이다. 생전 늦는 법이 없었던 내가 티업 30분 전이 되도록 나타나지 않자 캐디가 숙소까지 달려온 것이다. 와, 나 진짜 미쳤나 봐! 그야말로 눈곱만 떼고 부리나케 달려 나갔다. 정말 다행히도 숙소가 골프장 안에 있어서 가까웠기에 망정이지 그러지 않았다면 늦잠 자서 실격당하는 망신을 당할 뻔했다. 휴우. 지금 생각해도 살 떨리는 순간이다.

시간에 대해서는 누구보다 자신 있다고 믿었는데 그럼에도 그렇게 실수를 하는 일이 생긴다. 그런데 내게 징크스까지 있다면 내 멘탈은 남아나질 않았을 것이다. 징크스에 집착하기 시작하면 마음이 너무 힘들어질 것 같았다. 실력은 내가 더 노력하고 연습해서 컨트롤할 수 있지만 징크스야말로 내 권한 밖의 일이 아닌가. 경기 전에 반드시 지켜야 하는 루틴이 있는 선수가 만약 천재지변 같은 외부 요인으로 그 루틴을 수행할 수 없게 된다면 얼마나 절망적이겠나. 내가 통제할 수 있다고 믿는 것들도 사실은 온전히 통제하기가 어려운데, 징크스처럼 내 뜻대로 되지 않는 뭔가가 있다는 건 생각만 해도 어휴, 힘이 든다.

나는 그냥 대회 전에 클럽 열심히 닦고 전날 탄수화물 잘 먹어서 에너지 채우고 잠 잘 자고 아침에 늦지 않게 일어나서 대회 시간 잘 지키는 것으로 족하다. 이렇게 써놓고 보니 이것도 참 고단한 과정처럼 보인다.

어쨌거나 징크스는 키우지 맙시다, 여러분. 우리 조금이라도 마음의 무게를 줄여보아요!

최고의 순간에 오르기까지

다른 사람이 해줄 수 있는 부분은 한정되어 있다.

스스로 만들어가는 게 가장 크다.

마음의 여유를
갖는 법

'리치 언니'라는 애칭은 사실 상당히 부담스럽지만, '마음이 리치'하다는 것이라면 동의할 수 있다. 나처럼 마음이 부자인 사람도 없을걸? 사람들은 내가 늘 여유로워 보인다고 한다. 도대체 그 여유는 어디서 나오는 것이냐, 혹시 돈이 주는 여유냐 묻는다. 그동안 대회 우승 상금과 광고 등으로 내가 많은 돈을 벌었으리라 생각하며 정말 '리치'한 언니가 됐으니 자연스럽게 마음의 여유가 생긴 게 아니냐는 논리랄까.

일단 알아둘 것은, 돈이란 많이 벌면 많이 나간다. 나는 선수로서 그만큼 투자해야 하는 것도 많았다. 늘 세계 곳곳을 이동하며 대회에 참가해야 하는 골프 선수의 경비를 생각해보라. 아주 어마어마하다.

사실 선수 시절의 나는 마음의 여유가 정말 눈곱만큼도 없었다. 매주 대회가 있었고, 매주 대회장으로 이동해야 했고, 매주 좋은 성적을 위해 연습을 해야 했고, 매주 잘해내야 한다는 압박감에 잠도 제대로 못 잤는데 마음의 여유는 무슨. 알람을 맞춰놓고 자면 몇 시간 간격으로 계속 일어나 시간을 확인하고 그 알람이 울리기도 전에 자리에서 일어나던 사람이다.

그 시절에 내가 조금만 더 마음의 여유를 갖고 살았다면 선수 생활을 더 오래했으리라는 생각을 한다. 압박감 속에서만 살다 보니 너무 쉽게 지쳤고 이 생활이 지속되는 게 행복하지 않을 때도 많았다. 지나간 세월을 되돌릴 수는 없는 노릇이니 후회해도 소용없다. 사실 마음이 여유롭고 건강한 생활을 하는 게 좋다는 걸 모르지는 않았다. 하지만 그걸 안다고 해도 이미 몸에 밴 긴장감을 쉽게 떨쳐버릴 수는 없었다.

이제라도 '느긋해 보인다'는 것을 다행스러워해야 할까. 이 여유는 은퇴와 동시에 자동으로 생겼다기보다는 은퇴와 동시에 모든 것에 솔직해질 수 있었기 때문에 얻은 것이라고 할 수 있다. 선수 시절에는 긴장돼도 아닌 척, 멘탈이 흔들려도 굳건한 척, 기뻐도 덜 기쁜 척하며 살았다. 어쩐지 포커페이스가 되어야 할 것 같

았다. 나를 드러내고 감정을 드러내는 것이 조심스러웠다. 그때
는 왜 그랬는지 모든 것이 조심스럽기만 했다. 어린 나이에 너무
많은 관심을 받고 스포트라이트를 받으면서 생긴 버릇 같은 게
아니었을까 싶다. 작은 표현 하나도 너무 크게 두드러진다는 게
내게는 무척 부담이 됐다.

은퇴를 하면서 이 모든 강박으로부터 벗어나도 된다는 생각에
해방감을 느꼈다. 나는 원래 아주 솔직한 사람인데 선수로서의
삶에서 솔직함은 언론을 거치며 때로 독이 되기도 해서 항상 조
심하며 살았다. 이제는 더 이상 그럴 필요가 없지 않은가. 모든 순
간순간에 솔직해지자 마음에 평화가 찾아왔다.

여유라는 건 특별한 게 아니다. 어떻게 생각하고 어떻게 표현
하느냐에 따라 달라지는 것이다. 여유는 곧 편안한 마음과 같은
말인 것 같다. 사람마다 마음의 짐은 그 무게가 각각 다르다. 누구
나 묵직한 짐 하나쯤 가슴에 품고 산다. 그것이 어떤 사람에게는
별거 아닌 것처럼 보이고, 어떤 사람에게는 엄청난 무게로 느껴
진다. 내게도 늘 고민이 있고 어렵고 힘든 일이 있다. 겉으로 보이
지 않을 뿐 여전히 나만의 고민거리들을 늘 품고 산다. 하지만 결
국 고민을 대하는 나의 자세가 마음의 공간을 만든다. '남들도 다
이렇게 사는 거겠지' 하고 생각하는 순간, 내가 가진 문제는 아주
하찮은 고민이 되어 마음 한쪽으로 치워진다. 그렇게 공간이 생
기는 것이다.

인간관계에서 오는 갈등이나 고민들도 마찬가지다. 사람은 언제나 관계 속에 살아가기 때문에 사람을 괴롭게 하는 것도 관계에서 비롯된 것들이 많다. 나는 그럴 때마다 꼭 직접 얼굴을 마주하고 이야기한다. 갈등의 씨앗이 싹틀 조짐이 보인다면 그 싹을 잘라야 한다. 서로 오해가 생겼다면 그 오해가 무엇인지 털어놓고 솔직한 마음을 나누면 된다. 저 사람이 나를 이렇게 저렇게 생각하는 게 아닐까, 아까 저 사람은 왜 나에게 그런 말을 했을까, 그 말의 의도는 뭐였을까, 그런 생각을 속으로 품고 있으면 오해는 눈덩이처럼 불어나기만 한다.

은퇴 후 방송 활동을 많이 하면서 사람을 많이 만나게 되니 나에게도 그런 상황들이 생긴다. 그럴 때마다 나는 직접 얘기한다. 혼자만의 망상을 키우다가 당사자가 없는 곳에서 말을 옮기는 것은 상황을 악화시킨다. 불편한 감정이라면 특히 그때그때 해소해야 한다. 계속 봐야 하는 사이라면 반드시 그래야 한다. '저 사람은 앞으로 안 볼 사람이니까' 하며 외면해서도 안 된다. 사람 일은 모르는 거다. 우리는 언제 어디서 누구를 만나게 될지 모른다.

솔직하게 표현하면 마음이 평온해진다. 마음이 평온해지면 여유가 찾아온다. 시간이 많다고 느긋하고 여유 있는 게 아니다. 시간이 아무리 많아도 속이 시끄러우면 언제나 마음이 바쁜 사람이 된다.

나만의
다이어트법

운동선수가 은퇴하고 운동을 안 하면 살이 찐다. 선수 시절에는 에너지 소모가 많으니까 많이 먹어도 일정 수준을 꾸준하게 유지하지만, 먹는 건 그대로인데 운동을 하지 않는다면 당연히 살이 찐다. 그런 내 모습이 특별히 마음에 들지 않거나 다이어트를 해야 한다고 생각하진 않는다. 현역 시절에 그렇게 관리를 엄격하게 했는데 이제 좀 마음대로 살아보면 뭐 어때? 내 몸에도 자유를 좀 줍시다!

다만 가끔은 움직임을 가볍게 하려고 살을 좀 빼볼까 싶은 마음이 들 때도 있다. 방송에 나오는 얼굴이 부어 보일까 봐 걱정이 되기도 하고. 그래서 아주 가끔 다이어트를 시도해보긴 한다. 이름하야 '괜찮아 다이어트'. 내가 붙인 이름은 아니다. 방송에서 다이어트를 한다고 해놓고 이건 먹어도 괜찮고 저건 살 안 찌니 괜찮다며 계속 먹으니까 이런 재치 있는 자막이 달렸는데 어쩐지 마음에 든다. 하하.

　이 책이 나올 때쯤 내 몸무게가 어떤 숫자를 가리킬지 알 수 없으므로 다이어트 성공담을 들려드리기는 어렵겠다. 어지간하면 '괜찮다'고 생각하기 때문에 대단히 엄격한 다이어트를 하는 것도 아니니 대단한 비결이 있는 것도 아니다. 사실 다이어트를 대단히 권장하는 것도 아니다. 그저 건강하게 오래오래 맛있는 거 많이 먹으면서 즐기며 살기 위해 건강을 조금 챙겨보자는 의미 정도랄까. 살집이 좀 있으면 어떤가. 남들이 보기에 과체중으로 보이면 어떤가. 내가 내 몸에 만족하고 건강하면 되지. 내 몸은 나의 것이니 기준도 내가 정하면 된다.

　"내 마음이 편하고 괜찮으면 살 안 쪄요. 어차피 먹을 거면 편하게 먹고 편하게 잡시다."

　다 먹고 살자고 일도 하고 건강도 챙기는 거 아니겠나. 다이어트에 너무 집착하지 말고 즐겁게 사는 것에 집중해보자. 다이어트도 삶의 즐거운 순간으로 만들려면 내가 내 몸을 먼저 사랑하는 게 우선이다.

나는 명절을 아주 좋아하는데 이유는 단순하다. 맛있는 것을 많이 먹을 수 있으니까! 먹는 즐거움이 가장 극대화되는 날, 뭐든지 얼마든지 먹어도 되는 날. 너무 행복하지 않나? 아, 생각하니 벌써 침이 고인다. 명절이 매주 돌아오는 것도 아니고 그래봤자 일 년에 두 번 아닌가. 일 년에 두 번쯤은 죄책감 없이 나에게 맛있는 시간을 마음껏 허락하는 것도 좋지 않을까?

그래도 좀 자제하고 싶다면 주변 사람들과 함께 나눠 먹어보자. 나누면 기쁨이 두 배라는 말이 괜히 있는 게 아니다. 혼자 먹는 것보다 함께 먹고 나눠 먹는 것이 훨씬 큰 기쁨으로 다가온다. 직접 음식을 만들어 대접하는 기쁨은 더 크다. 다이어트를 하고 있지만 일 년에 두 번쯤은 내 몸에 자유를 주고 주변 사람들과 나눠 먹으며 먹는 기쁨을 증폭시키는 것. 이보다 행복한 다이어트가 또 있을까.

'맛있게 먹으면 0칼로리' 이 말은 정말 진리다. 우리가 다이어트를 왜 하는가. 날씬해지고 싶어서? 아니다. 건강해져야 하기 때문이다. 과체중이나 고도비만은 건강에 좋지 않은 영향을 끼친다. 그러니 몸무게를 좀 줄여서 건강한 몸을 만들기 위해 다이어트를 하는 게 맞다.

그런데 이 과정에서 마음이 고통스러우면 몸이 건강해질 리가 없다. 그러니 뭐든 맛있게 먹자. 맛있는 식재료로 즐겁게 손수 요리해서 내 입에 넣어주면 그게 진짜 행복한 다이어트가 아닐까? 그렇게 마음이 행복해지면 절로 건강해지지 않겠나. 게다가 마음의 건강은 얼굴로도 다 드러난다. 그러니 화사하고 밝은 외모를 갖고 싶다면, 맛있는 음식을 먹고 행복해지자.

좋은 다이어트의 제1조건은 당연히 건강을 해치지 않는 것이다. 그러니 무작정 굶거나 몸에 무리가 갈 정도의 운동은 하지 않아야 한다. 그렇게 하면 신체적인 건강을 해치는 것은 물론 정신 건강도 해친다. 무언가 강력하게 욕망하고 있는 것을 억지로 참아야 하거나 힘든 것을 꾹 참고 몸을 혹사시키는 일은 마음 건강에도 영향을 미친다. 여러분은 운동선수나 모델, 연예인이 아니다. 직업적 필요에 의해 반드시 수행해야 하는 의무가 있지 않다면 몸을 희생시키고 마음을 고통스럽게 만들지 말자. 마음이 편하지 않으면 신체의 건강도 잃는다. 몸과 마음의 건강을 모두 지키려면 내가 감당할 수 있는 만큼, 무리하지 않는 선을 지켜야 한다. 건강을 지키는 것은 거창한 게 아니다. 균형잡힌 식단, 규칙적인 생활, 건강한 수면, 간단한 스트레칭만으로도 충분하다.

막걸리가 마시고 싶다면 유산균이라고 생각하고 마시자. 치즈가 먹고 싶다면 먹자. 유제품은 뼈 건강에 좋다. 과일이 당기면 먹자. 아침 사과는 금사과라고 하니 아침에 먹으면 되지. 눈 뜨자마자 배고프면 먹자. 아침이 든든해야 하루가 든든하다. 과학적인 근거가 있냐고? 그건 잘 모르겠지만 이렇게 먹으면 기분이 좋거든요. 괜찮아, 괜찮아!

고민을 대하는 나의 자세가 마음의 공간을 만든다.

'남들도 다 이렇게 사는 거겠지' 하고 생각하는 순간,

내가 가진 문제는 아주 하찮은 고민이 되어 마음 한쪽으로 치워진다.

그렇게 공간이 생기는 것이다.

귀를 기울이는 게
먼저다

"세리 언니, 사이다!"

방송이 하나씩 나갈 때마다 이런 반응이 올라온다. 사이다? 내가 그렇게 상쾌한가? 죄송합니다. 농담이에요.

여러 방송에서 내가 솔직하게 말하는 모습이 보기 좋다는 반응을 보면 나도 역시 기분이 좋다. 시청자들이 나의 발언을 통해 즐거움을 느낀다니 그보다 좋은 일이 또 있을까.

24년 동안 혼자 고독한 경기를 이끌어야 하는 생활을 하다가, 방송을 하려니 생각보다 많은 사람들을 만나면서 새로운 경험들도 늘었다. 방송이라는 게 여러 사람이 함께 만들어가는 것이다

보니 의사소통이 굉장히 중요하다. 혼자 하는 일을 하다가 여럿이 같이 하는 일을 하게 되니 처음에는 긴장이 됐지만 의외로 방송에 적응하는 일은 생각보다 어렵지 않았다. 새로운 프레임이라고 해서 내가 그 틀에 억지로 맞추기 위해 애쓰기보다 있는 그대로의 내 모습을 보여주면 된다고 생각했기 때문이다. 있는 그대로의 내 모습, 솔직한 내 모습 말이다. 물론 솔직하다고 해서 아무 말이나 다 한다는 의미는 아니다. 나름의 기준과 원칙이 있다.

제일 중요한 것은 선을 넘지 않는 것이다. 아무리 분량 욕심이 나도, 농담하고 싶은 마음이 앞서도, 반드시 상대에 대한 존중과 배려를 지킬 수 있는 범위 내에 있어야 한다. 솔직하다는 것은 하고 싶은 말을 무작정 다 한다는 게 아니다. 적절한 때에, 적절한 말을, 적절한 화법으로, 그리고 거짓 없이 효과적으로 전달하는 것이다. 이 선을 지킬 수 있다면 우리는 모두 서로에게 솔직한 사람이 될 수 있다.

선을 넘지 않기 위한 가장 중요한 점은 상대방의 말을 잘 듣는 것이다. 잘 말하기 위해서는 잘 들어야 한다. 언제나 말실수는 성급하게 접근했을 때 생긴다. 상대의 말을 잘 듣고 있어야 내가 전할 말도 잘 정리할 수 있다. 애매할 때는 직접 물어보면 된다. 섣불리 짐작만으로 판단하고 말을 꺼냈다가는 오해만 커진다. 또 나름대로 배려를 한다고 꼭 해야 할 말을 삼키고 있으면 언젠가 곪아터진다. 꼭 필요한 말은 하되, 상대의 말을 잘 듣고 어떤 말을 해야 할지 고민한 뒤에 솔직한 자기 감정을 털어놓는 게 좋다.

두 번째는 타이밍이다. 같은 말이라도 말하는 타이밍에 따라 전혀 다른 의미가 된다. 적절한 타이밍을 찾으려면 역시 '잘 듣는 태도'가 필요하다. 방송을 하면서도 이 부분은 굉장히 중요하다. 상황 파악을 정확히 할 줄 알아야 조화롭게 녹아들 수 있다. 상황을 정확히 파악하기 위해서는 충분히 들어야 한다. 결국 타인의 생각을 존중하고 이해하고 배려할 줄 아는 태도가 기본적으로 깔려 있어야 진정으로 솔직한 사람이 될 수 있는 것이다.

세상은 혼자 살아갈 수 없다. 언제나 소통하고 대화하고 협동하면서 살아야 한다. 어느 누구도 혼자만의 힘으로 자신의 성취를 이룰 수는 없다. 내 생각만 옳고, 내 방식만을 고집하며 자기중심으로 사고하는 사람들과는 도무지 친해지기가 어렵다. 나는 언제든 주변 사람들에게 도움을 줄 준비가 되어 있고, 주변 사람들 역시 마찬가지라고 생각한다. 우리는 서로를 기둥 삼아 때론 기대고, 받쳐주고, 의지하며 살아가는 존재들이기 때문이다.

내가 늘 솔직하고자 하는 것은 바로 이렇게 사람들과 원활하게 소통하며 오해 없이 평온하게 잘 지내기 위해서다. 자기만의 세상에 갇혀 살고자 하는 게 아니라면, 우리는 언제나 대화하고 소통해야 하니까. 소통에 있어서 솔직함만큼 큰 무기는 없으니까.

세 자매의 마당 파티에
초대합니다

　해마다 우리 집 마당에서 진행되는 행사(?)가 있다. 일명 '세 자매의 마당 파티'.

　연말이 되면 지인들을 모두 집으로 초대해 맛있는 음식을 대접하는 일종의 '세리네 송년회'다. 마당에 바비큐 그릴을 준비하고 좋은 고기를 공수해 마음껏 먹고 놀고 마시다 갈 수 있도록 매년 마당 파티를 해왔다. 초대 손님들은 대중없다. 온 식구들이 각자 자신의 지인이나 고마운 분들을 모두 초대하는데 그 수가 대략 30명쯤 되었으니 꽤나 큰 행사다. 각자의 인맥이니 게스트끼리는 서로 아는 사람도 있고 모르는 사람도 있는데 상관없다. 그냥 부담 없이 와서 맛있는 거 먹고 놀다 가면 된다. 꽤 큰 규모였지만 케이터링 같은 서비스를 부르지 않고 모든 준비를 우리 세 자매가 직접 했다. 직접 마련한 음식을 고마운 분들에게 대접한다는 게 이 송년회의 가장 큰 의미니까.

  고마운 분들에게 늘 고맙다는 표현을 하고 싶은데 일이 바쁘다 보니 그때그때 모두를 챙기지 못한 것이 아쉬워서 시작한 일이었다. 그래도 1년에 한 번쯤은 다 같이 모여서 서로 수고했다고 인사도 건네고 다음 해의 복도 빌어주는 따뜻한 자리가 있다면 어떨까 싶었다. 주변 사람들을 잘 챙겨야 한다는 마음은 아버지에게 물려받은 부분이 많다.

  아버지 주위에는 늘 사람이 많았다. 아버지는 사람을 좋아했고, 사정이 어려운 사람에게는 앞뒤 안 재고 손을 내밀었다. 또 무엇이든 나누는 걸 좋아하는 성격이었다. 그래서 그런지 주변에 늘 사람들로 북적였고 그중에는 좋지 않은 인연으로 끝난 사람도 있지만 대부분 좋은 인연이 되어 지금까지도 서로 의지하며 도움을 주고받고 살아가고 계신다.

  그런 아버지의 영향이 컸던 모양인지 우리 세 자매도 그런 태도가 자연스럽게 몸에 배었다. 사람들과 함께 즐거운 시간을 갖고 추억을 나누며 고마움을 표현하는 사소한 것들이 얼마나 중요한지 배우게 됐달까. 좋은 사람과의 인연은 한 번 맺어지면 평생의 선물이 된다. 하지만 그런 인연에도 노력이 필요하다. 사람과 사람 사이의 좋은 기운은 그냥 내버려둔다고 지속되는 것이 아니다. 늘 진심을 다해 마음으로 대하는 자세가 필요하다.

그렇다고 의무감으로 할 필요는 없다. 관계를 유지하는 데에 의무감이 더 앞선다면 서로가 힘들어질 뿐이다. 저절로 마음이 가는 관계들이야말로 자연스럽게 내가 좋아서 챙기고 아끼게 되는 것 아닐까. 만약 마당 파티를 누가 시켜서 했다면 그토록 즐겁게 신이 나서 준비하지 못했을 것이다. 작은 것이라도 나누고 함께하고 즐거운 시간을 갖고 싶은 마음이 절로 드는 사람들. 꼭 물질적인 것을 나누지 않더라도 편안하게 대화하고 시간을 낼 수 있는 사람들. 일방적인 관계가 아니라 상호적인 관계의 사람들. 그런 인연들을 소중히 여기고 감사한 마음을 가지라고 말하고 싶다.

송년회 첫해에는 펜션을 빌렸었다. 그때 맛있는 음식을 해먹고 너무 즐거운 시간을 보내서 다음 해에는 드레스코드를 만들어보자는 아이디어를 냈다. 장소도 좀 더 널찍한 곳을 대관해서 본격적으로 진행해봤는데 결과는? 영 아니었다. 자연스럽지가 않았다. 사람이 좀 북적대더라도, 좁게 끼어 앉더라도, 처음 보는 사람들끼리도 같이 복닥거리며 새로운 인연들을 만들 수 있는 기회를 만들어주는 게 우리의 송년회 취지에 더 적합했다. 우리 세 자매는 음식하기에 바쁘고 손도 더 많이 갔지만 역시 중요한 것은 드레스코드나 공간이 아니었다. 사람, 나의 사람이었다.

대략 5~6년 전부터 해마다 빠지지 않고 해왔는데 최근에는 코로나 때문에 잠정 중단된 상태다. 다들 아쉬운 마음에 내년에는 초대할 거냐고 성화인데 과연 그 내년이 올까? 5인 이상 마음 편하게 모여서 어깨를 맞대고 술잔을 부딪치며 덕담을 나누던 그 시절이 어쩐지 굉장히 먼 옛날의 이야기처럼 느껴진다. 언젠가는 모두들 마스크를 벗고 바비큐 그릴 주변에 둘러앉아 얼굴이 벌게지도록 고기를 굽고 맛있는 음식을 먹고 즐거운 대화를 나눌 날이 돌아오겠지? 그날이 하루빨리 오기만을 간절히 바라고 또 바라본다. 그때는 제가 정말 제대로 맛있는 걸 잔뜩 준비하겠습니다!

내 곁에 있는 사람들과의 시간을
미루지 말 것

한창 왕성하게 활동하던 현역 시절은 한국 여자 골프의 황금기였다. 한국의 여자 선수들이 LPGA의 톱 랭킹에 오르내리던 시절, 박지은, 한희원, 장정, 김미현 선수는 동시대를 함께했던 소중한 LPGA 1세대 동료였다. 우리는 늘 같은 대회에서 만났고 만나면 늘 웃음꽃을 피웠고 그저 사소한 수다만 떨어도 즐거웠다.

특히 박지은 선수는 언론에서 항상 라이벌 구도를 만들었는데 '선의의 경쟁자'라고는 하면서도 우리 둘이 불꽃 튀는 라이벌 의식을 갖기를 바랐던 것 같다. 하지만 그럴 리가 없다. 우리는 라이벌이 아니라 동료였고 친구였으니까. 세상 제일 친한 친구에게 라이벌이 웬 말인가. 우리는 그런 거 모른다. 말하지 않아도 서로에 대한 정이 넘쳐났고 얼굴만 봐도 웃음이 나오는걸.

한국 선수들끼리 한 시대를 풍미한다는 것에 자부심과 기쁨도 충만했다. 성적도 좋았고 전 세계가 우리를 주목했다. 고독하고 힘들었던 선수 생활 중에도 동료들과 함께하는 소소한 즐거움은 그 시절을 버티게 한 힘이었다. 매일매일 추억이 쌓여갔다. 2002년에는 한일전에서 처음으로 일본을 이기고 우승을 하기도 했다. 당시 한국 여자 선수들의 성적이 워낙 좋았기 때문에 한일전을 위해 미국에 있는 유망한 선수들을 모두 불러모아 경기를 했다. 우리는 최강팀이었다. 일본을 이겨본 적이 한 번도 없었는데 그날 이후로 계속해서 한일전의 승리를 맛보았다. 든든하고 뿌듯한 나날이었다.

그런데 2012년, 박지은 선수가 갑작스레 은퇴를 선언했다. 예상치 못한 은퇴라서 모두가 당황했고 나 역시 마찬가지였다. 나한테 귀띔이라도 해주지. 그 순간 말로 형언할 수 없는 아쉬운 마음이 목구멍까지 차올랐다. 자꾸만 울컥하는 나 자신이 낯설었다. 함께 있을 때는 몰랐다. 우리의 시간이 유한하다는 걸. 늘 곁에 있으니까 언제까지고 그 자리에 있을 줄 알았다. 그래서였는지 나는 늘 밥 한번 같이 먹는 기회를 내일로 미뤄왔다. 오늘도 보고, 내일도 볼 테니까 언젠가 같이 밥 한번 먹으면서 시간을 보내야지. 하지만 그 '언젠가'가 오기도 전에 우리는 이별해야 했다.

나도 언젠가는 은퇴를 결정해야 하는 순간이 오겠지만 동료들이 하나둘 은퇴를 하고 떠나가니 점점 홀로 남겨지는 것만 같았다. 영영 헤어지는 것도 아닌데 왜 그렇게 눈물이 나왔는지 모르겠다. 함께 있던 시간들의 소중함을 모르고 내일로 미뤄버린 것에 대한 후회 때문이었을까. 그 오랜 시간을 함께했으면서도 제대로 시간을 내지 못했다는 게 그렇게 미안할 수가 없었다. 이제는 대회에 나가도 만날 수 없는 친구들이 되어버렸다.

'있을 때 잘하라'는 말이 괜히 있는 게 아니다. 함께 있을 때는 그 시간이 영원할 것처럼 느껴져서 중요한 것들을 많이 놓치게 된다. 시간은 되돌릴 수 없다. 행복할수록 그 행복을 지키고 이어나갈 수 있도록 더 많이 노력해야 한다. 은퇴 후에도 얼마든지 마음만 먹으면 만날 수 있지만, 선수로서 같이 힘든 길을 걸어가며 싸우던 그 시간들은 다시 돌아오지 않는다. 앞으로도 새로운 추억을 쌓을 수 있는 기회가 없는 것은 아니지만, 그때 그 순간에만 함께할 수 있는 추억과 행복이라는 건 한 번 놓치면 끝이다.

방송을 통해 박지은 선수와 한희원 선수를 만났을 때 속으로 또 한 번 울컥했다. 드디어 오늘 우리가 밥 한번 같이 먹는구나. 그것도 내가 직접 만든 식사를 대접하면서. 맛있게 잘 먹어줄지 걱정이 한가득이었지만 깜짝 등장으로 스튜디오로 들어온 동료들을 보니 그저 반가움에 웃음이 터져 나왔다. 우리는 옛 시절을 추억하면서 이야기보따리를 풀어놓았다. 오래된 사진 속의 우리는 늘 같이 있었고, 같이 웃었다. 동료들은 은퇴 후 새로운 삶을 시작하는 나를 응원해줬고 열심히 만든 음식을 맛있게 먹어줬다. 내게 소중한 사람이 새삼 참 많구나 싶었다.

이제는 놓치지 말아야지. 이 귀한 시간들을 더 많이 아끼고 더 많이 간직해야지.

스스로를 지키라는 내면의 목소리에 솔직해지면

내 안의 평온을 되찾을 수 있을 거야.

3장
—
날마다
새로운 오늘을
맞이하는 법
—

부캐의
탄생

언젠가부터 은퇴를 한 운동선수들의 얼굴을 스포츠가 아닌 방송에서 볼 수 있게 되었다. 선수 시절에는 꽁꽁 감춰두었던 타고난 끼를 은퇴 후에 카메라 앞에서 마음껏 발산하며 시청자들의 사랑을 받는 모습이 보기 좋다. 대중적으로 잘 알려지지 않은 종목 출신이라도 즐거운 분위기 속에서 해당 종목에 대해 이야기하고 덕분에 그 종목에 대한 관심이 높아지기도 했다. 은퇴 후에도 자신만의 길을 찾아 활동하는 모습을 지켜보는 건 동료로서도, 시청자로서도 즐거운 경험이다.

그런데 그렇게 활동하는 여자 선수가 있는가 떠올려보니 마땅히 떠오르는 인물이 없었다. 한창 활동 중인 김연경 선수가 예능 프로그램에 종종 출연하는 일은 있었지만, 선수 생활을 끝내고 제2의 인생을 방송으로 새롭게 시작한 사람이 있었던가? 그렇다고 그 사람이 바로 내가 될 거라는 생각은 해본 적이 없었다. 나는 원래 사생활을 노출하는 걸 극도로 꺼렸다. 현역 시절에는 특히 그랬다. 늘 언론에 노출되어 있는 것도 부담스러웠고, 무엇보다 골프 선수가 골프를 잘 치면 됐지 사생활을 보여줄 이유가 없지 않은가.

은퇴 후 우연한 기회에 〈집사부일체〉라는 TV 프로그램에 출연한 적이 있다. 매회 다양한 분야의 사부를 섭외해 여러 가지를 배우는 프로그램인데 골프의 사부로 출연해서 패널들을 제자로 삼고 지도하게 된 것이다.

제자가 된 패널들이 일일 사부가 된 출연자의 집을 방문하는 것이 이 프로그램의 형식이었으므로 집 공개는 자연스러웠다. 그때가 막 대전에서 가족들과 함께 집을 지어 살기 시작했을 때여서 방송에는 한 번도 공개된 적이 없었다. 그런데 그날 방송의 파장이 그렇게 클 줄은 몰랐다.

곧장 혼자 사는 사람들의 일상을 보여주는 관찰 예능 프로그램 〈나 혼자 산다〉에서 연락이 왔다. 본격적으로 집 구석구석을 소개하고 평범한 나의 일상을 보여달라는 요청과 함께.

"집에서 잠옷 바람으로 사는 걸 보여주라고? 내 일상에 무슨 특별함이 있어서? 내가 잠옷을 다림질해서 입는 것도 아닌데 아니 그걸 왜 보여줘? 사람들이 그런 걸 보고 싶어 한단 말이야?"

출연을 고민해보라는 매니저의 제안에 나는 경악했다. 내가 연예인도 아닌데 아침에 일어나 퉁퉁 부은 얼굴로 눈곱 떼고 세수하고 밥 먹고 TV 보는 일상을 도대체 누가 궁금해한단 말인가.

출연이 결정된 후에도 사실은 걱정이 정말 많았다. 꼬질꼬질하고 별거 없는 나의 일상에 관심을 가져줄까, 사생활을 지켜나가는 걸 무척 중요하게 생각해왔는데 이 출연을 계기로 그걸 잃어버리게 되지 않을까, 24시간 관찰 예능이라서 내 솔직한 모습이 드러나게 될 텐데 혹시 오해를 사게 되진 않을까. 출연하기로 마음은 먹었지만 나조차도 내가 어떤 모습을 보여주게 될지, 시청자들의 반응은 어떨지 전혀 알 수가 없어서 긴장이 됐다.

방송 이후의 반응은 얼떨떨할 정도로 폭발적이었다. 나는 항상 언론에 노출되어 있어서 사람들이 더 이상 내게 궁금한 게 없을 거라고 생각했는데 예능을 통한 일상 공개는 전혀 다른 것이었나 보다.

생각해보니 골프 선수로서의 나는 늘 감정을 드러내지 않고 표정을 감춘 사람이었다. 결과가 좋을 때는 환하게 웃으며 트로피를 번쩍 들어 올렸다. 시청자들이 기억하는 내 이미지는 굳은 얼굴로 경기에 열중하는 선수, 우승했을 때 기뻐하는 사람. 이것 밖에 없었던 것 같다.

의도한 것은 아닌데 내가 신비주의의 그늘에 가려져 있는 사람이었던 걸까? 프로 선수로서의 공식적인 활동만을 보다가 집에서 잠옷 바람으로 반려견들과 놀고 밥을 해먹고 늘어져서 TV를 보는 모습이 너무나도 인간적으로 다가왔던 것일까? 저도 여러분과 똑같은 사람입니다만.

경기장 밖의 내 모습을 좋아해주신다는 게 놀라우면서도 내심 기뻤다. 언론이라는 게 내가 통제할 수 없는 부분이라서 때로는 오해로 인해 잘못된 정보가 나가기도 하고 원치 않는 부분이 노출되기도 해서 미디어를 대하는 내 태도는 늘 조심스러웠다. 나는 항상 솔직한 태도로 임했다고 생각했는데 바로 그런 솔직함이 오해를 불러일으킬까 봐 주변의 지인들이 방송 출연을 걱정하기도 했다. 너무 솔직해서 비호감이 되면 어떡하냐고.

다행스럽게도 자연인 박세리의 삶은 긍정적으로 받아들여진 것 같다. 생각지도 못한 관심과 응원을 받고 나니 조금 용기가 생겼다.

음… 방송을 통해 사람들과 소통하는 것도 괜찮을 것 같은데? 여전히 내가 보여줄 수 있는 것들이 있을지도 모르겠다는 생각이 들었다. 물론 방송이 본업은 아니다. 하지만 박세리의 부캐로서 또 다른 활동을 해보는 것도 괜찮지 않을까? 뭔가 새롭고 재미 있는 세계가 조금씩 열리는 것 같았다.

우리만의 이야기가
시작되다

〈나 혼자 산다〉 출연 이후 예능 프로그램 출연 제의가 쏟아지기 시작했다. 아니 여러분, 저는 예능인이 아니고 제 몸은 여러 개가 아닙니다. 살려주세요.

내 일상이 그렇게 흥미로웠나? 기존에는 볼 수 없었던 캐릭터라서 그런 것일까? 나의 부캐는, 성공적이었나? 예능 프로그램에서의 부캐 박세리가 그토록 흥미로웠던 이유가 뭘까 생각해봤다. 혹시 은퇴한 여성 운동선수의 모습이 아주 새롭게 느껴진 게아닐까? 그런데 그런 선수라면 아주 많지 않은가? TV에서 보기어려웠던 많은 여성 선수들이 떠올랐다. 은퇴 후 전문 방송인이 된 수많은 남자 선수들과 달리 은퇴 이후의 삶이 거의 보이지 않았던 선수들 말이다. 동료들을 떠올려보면 재치 있고 재능 있는 사람들이 너무 많은데 왜 그들에게는 기회가 오지 않는 것일까? 어쩌면 내가 그 문을 열 수 있지 않을까?

회사 사람들과도 그런 얘기들을 자주 나눴다. 여자 선수들은 왜 TV에서 보기가 힘든지 모르겠다고 푸념 아닌 푸념을 하고 있을 때, 방송국에서 예능 프로그램 제안이 들어왔다.

"여자 선수들이 함께하는 프로그램을 기획하고 있는데 같이 해보실래요?"

이거다. 우리가 늘 이야기해왔던 것들을 실현할 수 있는 기회가 될지도 모른다.

〈노는언니〉는 이렇게 시작됐다. 여자 선수들이 모여서 무언가를 한다는 대략적인 아이디어에서 출발했지만 여러 차례 함께 미팅을 진행하며 아이디어를 구체화하기 시작했다.

'못 놀아본 언니들의 세컨드 라이프, 노는언니'.

운동선수로서 작은 실수도, 부상도 용납되지 않았던 엄격한 삶을 살면서 먹고 싶은 음식도 마음대로 먹지 못하고 혹독하게 스스로를 단련해야 했던 현역 시절을 끝낸 언니들(?). 그 시절을 마무리하고 은퇴했지만 운동선수의 은퇴는 인생 전체를 놓고 봤을 때 너무 이르다. 우리는 너무 한창 때다. 우리도 좀 놀아보자. 비록 한 번도 제대로 놀아본 적은 없지만.

그렇게 빡빡한 선수 생활을 끝낸 다섯 명의 여자 선수들이 신나게 '노는' 프로그램이 기획됐다. 아, 생각만 해도 재밌을 것 같았다.

물론 순식간에 뚝딱, 쉽게 만들어진 것은 아니었다. 무엇보다 제작진들의 불안감은 컸을 것이다. 베테랑 방송인 하나 없이, 방송 경험이 거의 없어 어디서도 검증된 적이 없는 운동선수들끼리, 그것도 '예능' 프로그램을 만든다는 것은 누가 봐도 모험이었다. 지금 생각해보면, 그럼에도 이런 틀로 프로그램을 함께 기획하고 만들어준 제작진들의 용기는 실로 대단한 것이었다.

출연자들에 대해서는 전적으로 제작진의 뜻에 따랐기 때문에 어떤 멤버가 함께하게 될지는 전혀 몰랐다. 혹시 내가 선수들을 '픽'한 게 아니냐는 질문을 받을 때가 있는데 그건 나의 영역이 아니다. 제작진은 그 분야의 전문가들이다. 서로 잘 어우러질 수 있고 다양한 모습을 보여줄 수 있으면서, 여러 주제들을 개성 있게 소화할 수 있는 선수들을 멋지게 섭외했다.

첫 촬영의 기억은 지금도 잊을 수 없다. 함께하는 멤버의 종목과 이름은 들었지만 한 번도 만나본 적이 없었기 때문에 걱정도 되고 설레기도 하고 기대가 되기도 했다. 하나둘 촬영장으로 들어올 때의 그 어색함이란! 우리, 잘할 수 있을까?

어색함 속에서 상견례하듯이 각자 소개를 하고 촬영에 들어갔는데 이게 웬걸. 엠티를 한 번도 가본 적이 없다면서 우리는 아주 자연스럽게 엠티 분위기를 만들고 있었다. 알아서 척척 식재료를 준비하고 고기를 굽고 수다를 떨고… 잠깐, 그러고 보니까 우리 촬영 중이었지?

같이 고기 구워 먹으며 논다는 것 외에는 아무것도 정해지지 않은 촬영이었는데 전문 방송인이었다면 방송 분량을 위해 다들 제 역할을 하느라고 아주 분주했을 것이다. 하지만 우리는 고기 구워 먹으면서 놀면 된다고 해서 그냥 열심히 놀았다. 그 과정이 너무 자연스러워서 종종 우리가 촬영 중임을 잊을 정도였다. 방송이 익숙하지 않기 때문에 어설프고 서툴지는 몰라도, 우리가 가진 최고의 장점은 있는 그대로의 모습을 누구보다 잘 보여줄 수 있다는 것이었다. 못하는 걸 잘하는 척할 수도, 잘하는 걸 못하게 할 수도 없다. 누구도 언니들을 막을 수 없으셈!

그런데 갑자기? 세 명의 방송인들이 촬영장에 나타났다. 정말 깜짝 등장이었다. 아무래도 방송 경험이 거의 없는 선수들만 모였으니 노련한 방송인의 도움이 필요하다고 판단했던 것 같다. 그들과 함께한 촬영은 즐거웠다. 역시 베테랑이었다. 그래도 그때 나는 확신했다. 우리만이 할 수 있는 무언가가 있다고. 우리가 만들어갈 수 있는 이야기가 있을 거라고. 이 프로그램은 그 판을 깔아주는 시작점이 될 것이라고.

우리는
한 '팀'이야

난리가 났다. 〈노는언니〉 재밌다고.

내 입으로 이런 얘길 하려니 민망하지만, 사실 제작발표회 때부터 예견된 일이긴 했다. 은퇴한 여자 운동선수들이 모여서 노는 프로그램이라는 소식에 시청자들이 쌍수를 들고 환영했다고 한다. 드디어 우리 '언니'들을 화면 가득 볼 수 있는 날이 온 거냐며 반응이 아주 뜨거웠다고 한다. 첫 방송이 전파를 타고 역시 기대를 저버리지 않았다는 피드백을 보니 힘이 번쩍 솟았다.

좋아, 이제부터 시작이야.

첫 촬영 후 제작진도, 시청자도, 우리도, 아주 분명하게 느꼈다. 이 프로그램은 언니들끼리 해야 된다는 걸. 멤버들은 회를 거듭하면서 조금씩 바뀌었다. 아직 은퇴하지 않은 현역 선수들도 있었는데 시즌이 시작되면 그들은 다시 경기장으로 돌아가야 했기 때문이다. 그러다 보니 더 다양한 선수들을 만날 수 있었다. 매 회마다 다른 종목의 현역 선수들을 초대해 같이 '놀고' 있다. 농구, 씨름, 역도, 당구, 탁구, 핸드볼, 야구, 양궁, 컬링, 테니스, 축구 등 다양한 종목의 다양한 현역 선수들과 함께 운동을 배우고 대화하며 서로의 고충을 나누는 중이다.

그런데 이 프로그램의 기획의도는 '노는' 거 아니었나? 재밌게 놀면 된다면서 왜 이렇게 열심히 운동을 하고 있는 거지? 헉헉거리면서 어설프게 따라 하다가 이렇게 현타가 오기도 한다. 아, 피디님. 이거 말이 다르잖아요.

〈노는언니〉의 재미는 매 회마다 각기 다른 종목의 선수를 만나고 배워보고 이야기 나누는 것도 있지만 역시 고정 멤버들과의 호흡에서 나온다. 마치 처음부터 계획한 것처럼, 어쩜 그렇게 저마다 독특하고 개성 있는 캐릭터가 모이게 됐는지. 방송에서 보이는 성격은 정말 날것 그대로의 캐릭터다. 우리는 늘 촬영 중이라는 걸 잊을 정도로 자연인 그 자체를 보여주기 때문에 방송에 나오는 성격이 그 인물 그대로라고 봐도 무방하다.

유미는 정말 엉뚱하고 재밌다. 평소에도 정말 엉뚱하기가 세계 톱클래스인데 어찌나 허당기가 다분한지 본인은 진지한데 지켜보는 입장에서는 매번 웃음이 터진다. 한번은 축구 선수 조소현 씨가 출연했는데, 영국에서 취미로 피아노를 친다고 하니까 유미가 정말 진지한 표정으로 "그럼 양손으로 치는 거예요?"라고 물어봐서 다들 빵 터졌다. 취미가 피아노라는 말에 양손으로 치냐고 묻는 사람은 이 세상에 유미밖에 없을 거다.

현희는 완전 만능이다. 운동이든 요리든 방송이든 뭐든 하면 제대로다. 엄마로서의 강인함도 있고 자기 일을 똑 부러지게 해내는 지혜와 근성이 있다. 펜싱아카데미도 하고 방송도 하면서 둘째까지 생각하고 있다니, 그녀는 정말 에너지가 넘친다. 말이 많은 편은 아닌데 새로운 운동을 배울 때면 늘 평균 이상을 해낸다. 집중력이 좋아서 뭔가에 집중하면 다른 걸 신경 못 쓰는 스타일이라 그런지 너무 열정적으로 배우다 보면 말은 점점 줄어들지만 늘 제 몫을 해내는 든든한 현희다.

민정이는 귀엽고 애교 많은 막내다. 우리가 〈작은 아씨들〉의 자매들이라면 민정이는 영락없는 막내 에이미다. 현희와 정반대의 캐릭터. 말이 정말 많다는 말이다. 처음엔 안 그랬던 것 같은데 이제 방송이 익숙하고 편해지니까 진짜 정체가 드러나는 것인가?! 그래서 나이 많은 언니들 사이에서 분위기 메이커 노릇을 톡톡히 하고 있다. 한편으로 정말 이해가 안 되는 게, 민정이도 분명 운동선수였는데 피겨스케이트를 제외하고 다른 운동에서는 정말 최약체라는 것이다! 우리도 못하지만 그보다 더 못하니까 매번 빵 터진다. 아이고 민정아, 체력 좀 키우자.

유인이는 같은 막내면서도 민정이와는 또 다른 캐릭터다. 얼굴은 베이비페이스인데 몸은 우람한 여전사의 근육을 갖고 있는 것처럼, 성격도 다양한 면을 동시에 갖고 있다. 어쩐지 존재 자체만으로 든든할 때도 있고 때로는 유미처럼 엉뚱하기도 하고, 현희처럼 똑부러질 때도 있지만 민정이처럼 허술할 때도 있다. 체격이 워낙 좋으니 어떤 운동이든 다 잘 배울 것 같지만 역시 수영 선수라 그런지 물을 벗어나면 영 꽝이다. 그런 모습이 너무 귀엽다.

사실 우리가 매번 새로운 운동을 배우면서 느끼는 것은, 우리 스스로도 놀랄 정도로 너무 못한다는 것이다. 아니 전직 운동선수였다면서 우리 왜 이래? 으하하. 어설프게 따라 하고 나면 서로를 보면서 어이없어 한다. 너무 못해서. 시청자들은 우리가 다들 선수였으니까 다른 운동도 잘할 거라고 믿었을 것이다. 우리도 그렇게 믿었다. 그런데 진짜 어이없을 정도로 못해서 웃겨 죽겠다.

녹화 때마다 서로 얼굴만 봐도 웃음이 나온다. 실제 방송 촬영은 대기 시간도 길고, 특히 이동 거리까지 길어서 촬영에 드는 시간도 기본이 1박 2일이라 꽤 힘이 든다. 그러면서도 현장에서 얼굴을 마주하고 입을 열기 시작하면 시간이 어떻게 지나가는지도 모를 정도로 즐겁다.

　다른 종목의 선수들을 만날 때마다 선수로서 갖는 고민이 비슷한 지점에서 함께 고개를 끄덕이고, 새로운 경험들을 간접 체험하면서 서로를 이해하는 과정을 시청자들에게 보여줄 수 있다는 점도 보람차다. 선수들은 원하지 않아도 대중들에게 평가를 받거나 오해를 사는 일도 생기는데, 〈노는언니〉를 통해 누구도 알려고 하지 않았던, 하지만 알리고 싶었던 선수들의 이야기를 나눌 수 있어서 정말 좋다. 촬영은 힘들지만 마음은 하나도 힘들지 않다.

　〈노는언니〉를 통해 운동선수의 삶도 즐겁고 행복하다는 걸 보여주고 싶다. 아이들에게 꿈이 뭐냐고 물었을 때 '아이돌'이나 '유튜버'가 아니라 '운동선수'라는 답이 나올 수 있었으면 좋겠다. 우리에게도 운동장이 있다고, 운동에도 미래가 있다고, 즐거운 삶이 있다고 말해주고 싶다. 모두가 꿈꿀 만한 직업, 그 직업의 현재와 미래가 지금 우리 곁에 있음을 모두가 알았으면 좋겠다.

뭔가 하고자 하는 욕심과 의지를 놓지 않으니

어디로든 나아가게 된다.

이렇게 산다면 인생 3막, 4막, 5막…

무한대로 살 수도 있을 것 같다.

운동선수에게
은퇴란

그저 골프가 좋아서, 재미있어서 시작하고 좋은 결과를 내고 박수를 받을 때는 몰랐다. 운동선수의 은퇴 이후 삶이 어떻게 펼쳐질지.

선수들은 각자의 목표가 있고, 그 목표를 향해 무던히 노력하며 앞으로 달려 나가는 것만으로도 벅차다. 좋은 결과를 위해 더 노력해야 하고, 그 노력으로 목표를 향해 가까이 다가가고자 하는 것이 선수의 인생이다. 모두들 그런 과정을 운동선수의 숙명으로 여기고 받아들이면서 산다.

선수들의 최종 목표는 아마 국가대표 선수가 되는 것일 테다.

죽기 전에 가슴에 태극마크 한번 달아보는 것. 국가를 대표해서 전 세계 선수들과 겨뤄보는 것. 그리고 메달을 목에 거는 것. 선수들은 태극마크 하나를 바라보며 자신의 젊음을 말 그대로 불사르며 달려간다. 사람들은 국가대표 선수가 은퇴를 하면 부와 명예를 동시에 거머쥔다고 생각한다. 물론 그런 선수들도 있을 것이다. 하지만 극소수를 제외한 나머지 대부분은 '한때 국가대표'였다는 명예 외에는 아무것도 남는 것이 없다.

은퇴한 선수들에게 무엇이 남을까? 가장 두드러지는 것은 바로 망가진 몸이다. 더 좋은 성적을 내기 위해 훈련을 하다가 부상을 입고, 부상으로 인한 부진을 극복하기 위해 더 무리해서 훈련을 한다. 부상에서 회복할 충분한 시간도 갖지 못하고 다시 경기에 나선다. 제한된 시간 안에 목표한 바를 이뤄야 하니 마음이 조급하다. 그나마 재기에 성공하면 다행인데, 그러다가 완전히 망가져서 실패하기도 한다.

배터리를 오래 쓰려면 너무 과하게 충전해서도 안 되고, 완전히 방전될 때까지 사용해서도 안 된다고 한다. 운동선수의 삶은 충전식 배터리와 같다. 수명은 유한하지만 어떻게 관리하느냐에 따라 그 수명이 짧아질 수도, 길어질 수도 있는 배터리. 우리는 어떻게 하면 배터리를 오래 쓸 수 있는지 머리로는 알지만 당장의 필요 때문에 과충전하거나 방전시키기를 반복한다. 선수들도 선수로서의 생명을 모르는 것은 아니지만 당장의 결과를 생각하지 않을 수 없으니 관리보다는 효율을 선택하게 된다.

부상을 한 번 겪을 때마다, 수술을 한 번 할 때마다 선수 생활의 생명은 뭉텅뭉텅 잘려나간다. 작은 상처라도 아물고 난 뒤에는 반드시 흔적을 남기는 것처럼 우리 몸에 완벽한 회복이나 재생이란 없으니까. 20년 할 수 있는 선수 생활이 10년으로 줄고, 은퇴 시기 역시 당겨진다. 그렇게 스스로를 갈아 넣으면서 목표를 이룬 뒤에는 당연히 충분한 보상이 따를 것이라 생각하지만 현실은 그렇지 않다. 동료, 후배 선수들을 보면서 그런 점이 늘 안타까웠다.

직장인들은 시간이 지나고 경력이 쌓이면 승진도 하고 경험이 쌓인 데서 생기는 노련함을 인정받는다. 하지만 운동선수는 늘 신입사원과 같은 에너지와 성장을 강요받는다. 처음이니까 봐주는 것도 없고, 경력이 많으니까 당연히 인정해주는 것도 없다. 선수는 언제나 완충 상태여야 한다. 〈노는언니〉를 하기 전까지는 다른 종목 선수와 교류가 적었다. 골프는 개인 경기이다 보니 특히 그랬다. 그러다가 우연찮게 〈노는언니〉라는 프로그램에 참여하게 되면서 다른 여자 선수들을 만나 이야기 나눌 기회가 많아졌다. 자연스럽게 선수들의 고충을 나누다 보니 마음 한 구석이 점점 더 답답해졌다. 운동선수의 꽃이라고 할 수 있는 태극마크까지 달았지만 은퇴와 동시에 현실은 고단하고 그 명예조차 쉽게 잊힌 채 아픈 몸만 남은 선수들이 얼마나 많은지…. 그나마 지도자가 된 선수들은 사정이 나은 편이지만 몇 자리 있지도 않은 지도자 자리를 놓고 또다시 경쟁해야 하는 게 현실이다.

명예만을 위해 몸을 갈아 넣으라는 것은 너무 가혹하다. 평생을 단련해온 선수들의 미래가 지금보다 조금 더 밝을 수는 없을까? 운동선수의 삶이 현역 시절에만 반짝이다가 그 빛을 잃어버리는 건 너무 아깝지 않은가. 평생을 쌓아올려 꽃피운 성과에 그저 박수만 보내고 끝내버리는 건 우리 모두에게 너무 큰 손실이다. 더 오랫동안 그들의 성취를 사회에 돌려줄 수 있는 다양한 방법들을 모두가 함께 고민해보면 좋겠다. 운동선수의 삶도 얼마든지 꿈꿀 만한 삶이라는 걸 우리는 안다. 그러니 그들이 계속해서 빛날 수 있도록 사회가 손을 내밀어주면 좋겠다.

스포츠 오디션을
시작한 이유

방송 활동을 하다 보니 나도 모르게 여러 아이디어를 떠올리게 된다. 이런 프로그램은 어떨까, 저런 프로그램은 어떨까. 내가 왜 그런 생각을 하고 있는지 모르겠지만, 이런 생각을 하고 있는 걸 보면 내가 방송을 즐기고 있다는 것만은 분명하다.

문득 운동선수도 오디션으로 발굴하면 어떨까 하는 생각이 들었다. 한때 온갖 종류의 오디션 프로그램이 유행처럼 번지던 때가 있었는데 어째서 스포츠는 없는 거지? 운동선수도 오디션으로 발굴하면 시청자들에게도 더 친근하고 재미있게 다가갈 수 있지 않을까? 골프부터 시작해서 잘되면 축구도 하고 야구도 하고 농구도 하고 다 할 수 있잖아! 합시다, 선수 오디션!

 운동선수를 오디션으로 뽑는다면 공간의 제약을 가장 먼저 떠올리게 되지만(일단 운동장이나 경기장이 필요하니까) 요즘은 기술이 좋아져서 스크린으로 대부분 가능하다. 닌텐도로 야구도 하고 볼링도 치고 커버댄스도 추는데 골프라고 안 될까? 특히 골프는 이미 스크린 골프 환경이 잘 갖춰져 있기 때문에 어려울 게 없었다. 스포츠야말로 서바이벌 오디션이라는 포맷에 너무 잘 어울리지 않은가. 이제 노래하고 춤추는 거 말고 다른 것 좀 해보자.

 그리하여 국내 최초 골프 오디션 프로그램을 만들어보기로 했다. 오상진 아나운서가 진행을 하고 김재열 해설위원, 김주형 프로와 함께 심사위원단을 구성했다. 문제는 코로나였다. 최초로 시도하는 만큼 전국의 모든 프로와 아마추어 골퍼들의 치열한 경연장이 되기를 바랐는데 코로나19 때문에 대규모 예선 진행부터 막혔다. 그래서 제작진과 심사위원들의 상의 끝에 한정적으로 참가자를 모집했다. 지금도 그 점이 가장 아쉽다. 예선 참가자부터 대대적인 공개 오디션으로 진행했다면 애초에 의도한 대로 좀 더 많은 선수들을 발견하고 대중과 소통하며 골프의 즐거움을 알릴 수 있었을 텐데.

 아쉬운 마음을 뒤로하고 총 50명의 본선 참가자를 선발했다.

본격 토너먼트 대결에 들어가기 앞서 스크린 골프장에서 오디션을 시작했다. 스크린 골프로 정확한 실력을 가늠하기는 쉽지 않지만 1차적으로 선수의 스윙을 평가하기에는 아주 좋은 툴이다. 보통의 오디션 프로그램 같은 포맷 안에서 골프채가 움직이는 스윙 소리가 시원하게 울려 퍼졌다.

〈박세리의 내일은 영웅〉은 전적으로 선수의 입장에서 무엇이 가장 필요할까 고민하던 중에 나온 아이디어였다. 지금도 전국 각지에서는 제2의 박세리를 꿈꾸며 재능을 발휘하고 있을 선수들이 넘쳐나고 있는데 그들이 더 좋은 환경에서 실력을 펼칠 수 있는 방법은 없을까? 내가 처음 골프를 시작했을 때 한국은 그야말로 골프의 불모지였다. 골프라는 종목이 대중적으로 알려져 있지도 않았고 지금처럼 많은 사람들이 즐기는 스포츠도 아니었다. TV 채널도 공중파 몇 개만 있던 시절에 골프 중계라는 것은 상상도 할 수 없었다. 그런 환경에서도 내가 골프를 잘할 수 있었다면 환경이 더 좋아진 지금은 나보다 더 훌륭한 선수, 더 재능 있는 선수들이 더 많이 나올 수 있지 않을까?

하지만 현실은 기대와는 달랐다. 분명 골프를 둘러싼 인프라도 좋아졌고 국민들의 관심도 높아졌다. 누구나 쉽게 취미로 골프를 치게 되면서 생활체육으로서의 입지도 탄탄해졌다. 골프 전문 채널이 생겨났고 언제 어디서나 전 세계에서 열리는 골프 경기를 찾아보기도 쉬워졌다. 어릴 때부터 탄탄한 훈련을 거듭한 세리키즈들이 세계 무대에서 좋은 성적을 내면서 한국 골프 선수의 위상도 달라졌다.

그럼에도 나는 아직 배가 고프다. 분명 재능 있는 선수들이 어딘가에 더 많이 있을 것이다. 그들이 생계를 잇는 일 앞에서 미래가 막히지 않았으면 좋겠다. 재능 있는 선수가 어려운 가정형편 때문에 꿈을 펼쳐보지도 못하고 주저앉는다면 그것만큼 큰 국가적 손실이 있을까. 재능이 있는데 경제적 여유까지 있다면 굳이 내가 나설 필요는 없을 것이다. 현실의 문제 때문에 앞으로 나아가지 못하고 좌절하는 사람들의 손을 잡아주고 싶다.

조금이라도 일찍 선수들에게 기회를 줄 수 없을까. 후원사와 계약하는 것도 어느 정도 랭킹에 올라오고 인지도도 쌓아야 가능한데 실력이 있으면서도 현실의 벽 때문에 거기까지 가기도 전에 고꾸라지면 너무 억울하지 않은가. 이 프로그램에서 좋은 결과를 낸다면 금전적인 지원을 해주고 대회를 한 번이라도 더 일찍 나갈 수 있는 기회를 만들어주고자 했다. 그런 선수들을 발굴해 그들을 일으켜세우고 싶다. 경험을 만들어주고 기회를 열어주는 것. 그것이 이 프로그램에 임하는 나의 마음이었다.

아직은 첫 시도고, 모집 단계부터 여러 제약이 많았으니 백 퍼센트 만족스러운 것은 아니다. 하지만 첫 삽을 떴다는 게 중요한 것 같다. 무엇보다 이 프로그램을 통해 정말 다양한 선수들을 많이 만났고 그들과 소통할 수 있다는 점이 가장 큰 소득이었다. 초등학생부터 중고등학생, 대학생은 물론 프로 테스트를 보고 정회원이 된 선수들까지 아주 다양했다. 특히 형편 때문에 선수 생활을 못하고 레슨강사를 하면서 도전을 보류하고 있던 20대 선수를 보니 마음이 짠하고 힘을 주고 싶었다. 모두들 꿈을 이루고 싶은 간절한 소망을 품고 최선을 다하는 모습을 지켜보는 건 역시 기분 좋은 일이다.

반면 방송의 힘을 얻어 유명세를 얻고자 참가한 선수들도 있었다. 그런 선수들은 속내를 감추고 있다고 생각할지 모르겠지만 심사위원들은 여러 요소를 종합해서 보기 때문에 금방 파악할 수 있다. 사람들은 내가 워낙 방송에서 직설적으로 발언하는 스타일이니 오디션 프로그램에서 얼마나 독설을 뿜어댈까 기대를 했던 거 같은데, 사실 그렇지는 않았다. 아무리 내가 직설적인 스타일이라고 해도 아직은 피어나고 있는 선수들에게 독한 말 한마디로 마음의 상처를 주는 일은 피하고 싶었다. 성장하는 과정에서는 채찍질보다는 좋은 조언과 따뜻한 격려가 더 큰 힘을 발휘한다고 믿기 때문이다.

방송에서 잠깐 스윙하는 것을 보고 모든 것을 판단할 수는 없겠지만, 적어도 가능성은 가늠해볼 수 있다. 대부분 기술적인 측면의 숙련도는 미흡했지만 기본적인 힘을 타고난 선수들이 많았다. 수많은 원석들 사이에서 보석을 발견하고 지원하는 일은 앞으로 내가 하고자 하는 스포츠 교육 프로그램과도 맞닿아 있다.

〈박세리의 내일은 영웅〉은 언젠가 종합 스포츠 교육을 전문으로 하는 학교를 설립하는 나의 꿈에 한 발 다가가는 기회였다.

내가 꿈꾸는
스포츠 스쿨

조금은 낯선 모습의 참가자가 예선 스튜디오로 들어왔다. 진행자와 심사위원단의 시선이 모두 같은 곳을 향했다. 왼쪽 무릎 아래로 단단한 의족이 보였다. 낯설고도 놀라운 모습에 모두들 어떤 표정을 지어야 할지 몰라 잠시 멈칫했다.

"안녕하십니까, 누구보다 강한 다리를 갖고 있는 의족 골퍼 한정원입니다."

골프를 시작하기에는 다소 늦을 수도 있는 50대의 나이에, 한쪽 다리에 의족을 착용한 채로 스크린 앞에 서 있는 그를 보니 '대단하다'는 말이 절로 나왔다. 체육교사로 일하고 있는 참가자는 과거에 교통사고를 당해 왼쪽 다리 무릎 아래 부분을 절단했으나 그다음 해부터 골프를 시작했다. 그는 다리를 다친 후에 골프를 배우게 되어 처음에는 체중 이동이 잘 안 되고 왼쪽 무릎과 골반에 무리가 많이 갔다고 했다. 그럼에도 발목이 없다 보니 흔들리지 않는 장점이 있다며 웃었다.

참가자의 스윙은 힘이 좋았다. 전천후 스포츠우먼이던 그는 장애를 얻은 후에도 좌식배구와 골프를 하며 운동의 즐거움을 잊지 않았다. 문득 이 프로그램의 이름이 의미하는 바가 무엇인가 하는 생각이 들었다.

"〈박세리의 내일은 영웅〉은 대한민국을 이끌어나갈 유망주를 뽑는 프로그램입니다. 하지만 꼭 챔피언이 되어야 내일의 영웅이 된다는 뜻은 아니에요. 지금 도전하는 그 열정을 보여주는 것 자체가 영웅감이네요."

우리는 만장일치로 이 참가자를 합격시켰다. 실력만 뛰어난 참가자를 뽑는 건 오디션 프로그램의 본질이 아니다. 아직 완성되지 않은 미래의 유망주를 뽑는 것이라면 가능성, 인성, 태도, 마인드, 기술 등 모든 것이 고려할 요소가 된다. 모두가 이 자격을 전부 갖출 수 있는 것은 아니다. 단 하나의 장점만으로도 수많은 선수들에게 영향을 줄 수 있는 선수로 성장할 수 있다.

내가 이 참가자를 눈여겨본 것은 선수 한 명의 열정과 도전정신이 다른 선수들에게도 긍정적인 영향을 줄 수 있음을 믿었기 때문이다. 골프는 홀로 앞으로 나아가야 하는 고독한 종목이기 때문에 홀로 감당해야 할 부분이 많다. 개인 경기 종목은 대부분 그러한데 그럴수록 동료가 필요하고 좋은 지도자가 필요하다. 내가 꿈꾸는 스포츠 스쿨도 바로 이런 효과를 극대화할 수 있는 곳이다.

　모든 종목의 가능성 있는 선수들을 모아 전교생이 기숙사 생활을 하며 운동선수에게 필요한 균형 잡힌 식단을 제공하고 전문 코치진의 전담 훈련을 받을 수 있는 종합 스포츠 스쿨을 만드는 것. 내가 늘 머릿속에 그려왔던 목표 중 하나다. 어릴 때부터 다른 거 신경 안 쓰고 오직 운동하는 것에만 집중할 수 있는 환경이 갖춰진 학교에서 자기 관리 방법이나 멘탈 관리 등 신체적인 관리 외의 부분도 신경 써주고 싶다.

　어린 선수들일수록 오랫동안 건강하게 선수 생활을 해나가려면 무엇보다 균형을 찾아나가는 게 중요하다. 어릴 때는 그저 재미있어서 시작한 운동이었겠지만 시간이 지날수록 더 먼 미래를 생각하게 되고 좋은 성적을 내는 데에 집중하게 된다. 그러면서 스스로를 지나치게 다그치거나 뜻대로 되지 않을 때 쉽게 좌절하며 방황하는 경우가 많다. 그런 순간에 서로 긍정적인 영향을 주고 자극을 주는 동료와 지도자들이 곁에 있다면 선수들의 성장에 큰 도움이 되지 않을까?

국가대표 타이틀을 달고도 은퇴 후 자리를 찾지 못한 재능 있는 선수들에게는 성장하는 선수들을 지도할 기회가 될 수도 있다. 실제로 은퇴 후 지도자가 되는 경우가 없는 것은 아니지만 그자리를 따내는 것이 쉬운 일은 아니다. 국가대표까지 할 정도로 실력이 뛰어난 선수가 은퇴했다고 해서 그 재능과 실력을 썩히는 건 너무 아깝지 않은가. 스포츠에 관한 한 모든 역량을 투입해서 선수들을 육성할 수 있는 환경이 주어진다면 그들도 뛰어난 역량의 한 축을 담당하게 될 것이다.

이런 구상을 하게 된 것은 나도 언젠가 미래의 아이들을 위해 뭔가를 남겨주고 싶다는 생각을 하면서부터다. 내가 골프의 길을 열고 닦은 사람이었다면 은퇴 후에는 다음 세대를 위해 그 길을 더 넓히고 다듬어서 더 많은, 더 훌륭한 선수들이 잘 달려 나갈 수 있도록 하고 싶다. 개별적으로 레슨을 하며 선수를 키우는 것은 한계가 있다. 도제식으로 내 역량을 전수하는 것보다 나의 경험과 노하우를 바탕으로 환경을 만들어주는 게 선수 육성에 훨씬 더 큰 기여를 할 것이다.

어쩌면 지금 하는 모든 활동들은 궁극적으로 좋은 선수를 육성해내는 스포츠 아카데미를 이루기 위한 작은 발판들일지도 모른다. 좀 더 많은 사람들이 스포츠의 즐거움을 알아갔으면 좋겠

다. 생활체육으로서의 운동도 좋다. 스포츠 스쿨의 꿈이 이루어
진다면 일반인들도 스포츠를 가까이에서 접할 수 있도록 영역을
확대해서 언제 어디서든 다양하게 즐길 수 있는 환경을 만들고
싶다. 아직은 조금씩, 조금씩 발걸음을 내딛고 있지만 언젠가 스
포츠 스쿨 교장 박세리가 되어 학생들에게 다정한 인사를 건네
고 싶다.

힘들면 힘들다고

아프면 아프다고 말하자.

한 '인간'으로서의 삶을 놓치지 말자.

내 가치는
내가 만들어간다

"박세리가 누구예요?"

그렇다. 시간이 많이 흐르긴 했다. 1998년 당시 TV 뉴스에는 IMF 외환위기로 국가적 어려움이 연이어 보도되고 있었다. 그러던 중 대한민국의 한 소녀가 홀로 미국에 가 큰 대회에서 우승했다는 소식이 뉴스에 보도되었고, 골프를 잘 모르는 사람들도 하얀 발목을 알게 되었다. 그리고 그 후 양말 벗는 장면은 공익광고에 쓰이면서 더 유명해졌고, 한국인 선수 최초로 LPGA에서 활동하며 여러 번의 우승을 했으니 우승을 할 때마다 언론은 들썩였다. 정작 나는 현역으로 활동하느라 유명세가 어느 정도였는지 제대로 실감하지 못했지만 어쨌거나 사람들은 나를 '전설'이라 불렀다.

미국에 건너가 첫 우승을 하던 때가 1998년이었다. 이제는 1998년에 태어난 이들이 TV를 시청하고 있다. 은퇴 후 예능에 얼굴을 내밀었을 때 '박세리가 누구냐'고 되묻는 시청자들이 꽤 있었다고 한다. 당시를 기억하던 장년층의 시청자들에게는 놀라운 질문이었겠지만 세월은 흐르고 새로운 세대는 탄생한다. 어쩌면 자연스러운 일이다.

골프 선수가 되지 않았다면 무엇을 했을 것 같으냐는 질문을 정말 많이 받았다. 그럴 때마다 나는 사업가라고 답했다. 뭔가를 하나 시작하면 제대로 하고자 하는 집요함이 있고 무엇이든 배우는 데에 주저함이 없는 성격이라 사업을 한다면 골프만큼 잘하지 않았을까 상상해보곤 했다.

그런데 은퇴 후 사업의 길에 발을 디뎠을 때 그 생각은 완전히 무너졌다. 역시 세상에 쉬운 일이란 없고 '처음'은 누구에게나 힘든 일이었다. 사업가로서의 나는 완전한 초짜였다. 운동 말고는 해본 것이 없었으니 모든 것을 새로 배워야 했다. 늘 모든 면에서 잘하고 싶고, 현명하고 똑똑한 사람이 되기를 바라왔지만 선수 시절에는 그저 연습과 대회만을 위해 살았던지라 내가 기대하는 나와 현실의 나는 괴리가 꽤 컸다. 은퇴 후 사회생활을 다시 하는 기분이었다. 좀 더 많이 배워둘걸, 다른 인생도 생각해볼걸 하는 뒤늦은 후회도 밀려들었다.

하지만 후회한들 지나간 시간이 돌아오는 것도 아니고 내 인생은 아직 끝나지 않았다. 어차피 나는 신입이고 초보니까 처음부터 다시 시작하면 된다. 한 번도 해보지 못한 일들을 해야 한다면 첫걸음부터 내딛으면 된다. 이런 나의 상황을 당황스러워할 필요도 없었다. 오히려 처음이니까 조금 실수해도 다시 일어설 수 있고, 처음이니까 겸손하고 조심스러운 태도로 임할 수 있다. 운동도 처음 시작할 때 실패와 좌절을 겪는 거 아니겠는가. 처음 운동을 시작할 때의 마음으로, 사업가로서의 삶을 시작해보기로 했다.

골프 선수 박세리의 타이틀을 벗고 인간 박세리로 사회에 나왔을 때, 가장 곤란했던 부분은 내가 나의 가치를 가늠하는 일이었다. 과거의 영광이 설령 전설로 남았을지라도 지금의 나는 과거의 내가 아니다. 광고 모델 하나를 하더라도 전성기 때의 내 가치와 지금의 가치는 분명 다를 것이다.

박세리라는 이름은 24년 전이나 지금이나 꾸준하게 불리고 있지만 마케팅적인 측면에서 내가 과연 매력적인 브랜드인가. 동시대성이 가장 중요한 마케팅에서는 지금 가장 핫한 사람이 필요하지 않을까? 그렇다면 나는 지금 당장은 꼭 필요하지 않을 수도 있을 것이다. 광고주들에게 나의 가치를 제안하는 일부터 막막했다. 그들에게 지금의 나는 어떤 존재일까. 나는 어떤 태도를 보여야 할까. 첫 출근한 신입사원이 무슨 일을 해야 하는지 몰라서 미어캣처럼 파티션 너머를 두리번거리는 기분이었다.

결국 내 가치는 내가 만들어가야 한다는 것을 깨달았다. 시장에서의 가치는 시장이 정해주기 이전에 먼저 나 자신이 스스로 찾아가야 한다. 내가 한창 전성기를 누리던 시절에 태어난 시청자들이 그저 '전설'로 전해 듣는 인물이 아니라, 현 세대와 함께 호흡하며 걸어가는 동시대인이라는 위치를 찾아가야겠다고 생각했다. 방송은 그 디딤돌이 되어주는 데 큰 역할을 했고 그 안에서 내 포지션을 찾기 위해 무던히도 애쓰고 노력했다.

내 회사를 설립하고 직원들과 의기투합하며 조금씩 자리를 잡아가는 과정은 혼란스러우면서도 즐거운 경험이었다. 지난 시절의 성과와 시간들을 모조리 잊고 백지 상태에서 다시 시작하는 게 쉬울 리는 없었다. 그럼에도 경험을 통해 하나씩 배워가는 기쁨이 있었다.

인생에서 이미 많은 것을 이룬 뒤에 새로운 일을 시작하려고 할 때, 많은 사람들이 혼란스러운 감정에 빠져들 것이다. '내 나이가 이미 쉰이고 예순인데, 내가 그동안 해온 게 있는데'라는 생각을 하는 순간 함정에 빠진다. 새로운 일을 할 때는 그 시기가 언제든 초보의 마음으로 임해야 한다. 지난 시간의 경험을 바탕으로만 생각하면 결과도 금방 나와야 할 것 같고 바로 자리를 잡아야 할 것 같은 조급함에 휘둘린다. 이런 마음은 자만심으로 번지는데 뜻하는 대로 성과가 나오지 않으면 초조해지고 실수를 하며 일을 그르친다. 과거의 영광을 지우고 리셋하는 것. 두 번째 삶을 계획하려는 사람들 모두에게 꼭 전해주고 싶은 말이다.

새로운 일을 시작하는 데에 불안하지 않을 사람은 없다. 하지만 불안하고 두렵다고 해서 시작해볼 가치가 없는 것은 아니다. 실수를 하더라도 처음이니까 그럴 수 있다는 마음을 갖자. 스스로에게 너그러워지지 않으면 우리는 영영 과거를 돌아보며 추억팔이만 하는 삶을 마주하게 될지도 모른다.

함께 일한다는 것,
오래 함께한다는 것

　지금의 회사를 창업하고 사업적 기반을 마련하게 된 것은 무려 24년 전, 미국에서 시작된 선수와 팬의 인연 덕분이다. 홀로 미국으로 떠나 프로 테스트를 준비하는 과정에서 US 여자오픈 출전을 위해 오리건주에 갔을 때다. 본격적으로 LPGA에서 활동하기 전이었고 아무런 기반 없이 맨땅에 헤딩을 시작하던 시기였다. US 여자오픈은 굉장히 큰 메이저 대회였기 때문에 이 대회가 자신이 사는 주에서 열린다고 하면 해당 지역 사람들의 관심이 대단했다.

　그때 미국 프로야구 선수 출신으로 현재는 뉴욕 양키스 국제

스카우터로 있는 이치훈 님이 한국 국적의 선수가 출전 명단에 있는 것을 보고 나를 찾아왔다. 그분은 한국에서 온 선수가 너무 반가웠고 나도 나의 첫 팬이 생긴 것이 너무 반가웠다. 일곱 살이나 많은 팬과의 교류는 그렇게 시작됐고 친한 오빠 동생으로 서로를 응원하며 지내게 됐다. 그러다가 프로 테스트를 통과하고 매주 대회에 출전하면서 너무 바빠졌다. 그분도 일이 바빠지면서 자연스럽게 연락이 뜸해졌다. 그런데도 묘하게 인연이 계속 이어졌다. 친하게 지내던 친구도 자주 소식을 전하며 살지 않으면 서서히 멀어지기 마련인데, 희한하게도 그분과는 연락이 뜸하다가도 한 번씩은 다시 연락이 닿았다. 다시 연락을 닿을 때도 전혀 어색하지 않고 어제 본 사람처럼 편안했다. 1997년에 시작된 인연은 몇 년을 주기로 뜸했다가 이어지기를 반복하며 계속됐다.

아마도 그분이 운동을 하기도 했고 관련 업계에서 일하고 있어서 말이 잘 통했던 것 같다. 우리는 운동에 대해 자주 이야기를 나눴다. 운동과 교육에 관해, 먼 훗날의 꿈에 대해, 하고 싶은 일에 대해 서로의 생각을 주고받았다. 사실 그분은 이미 사회적으로도 많은 것을 이뤘고 더 이상 새로운 일을 찾지 않아도 될 만한 입지를 갖추고 있었다. 그럼에도 나와의 교류를 통해 많은 영감을 받고 마지막으로 이뤄보고 싶은 꿈을 다시 상기하게 된 것 같다. 나 역시 은퇴 후 후배들을 위해 무엇을 할 수 있을지 고민하던 찰나였다. 그렇게 우리는 의기투합하게 됐다.

스포츠 교육과 훈련을 동시에 진행하는 아카데미 사업, 교육 콘텐츠 제작 등이 우리가 마음을 모은 분야였다. 내가 늘 꿈꾸고 있던 스포츠 스쿨을 같이 추진해보는 것에도 함께 머리를 맞댔다. 지금도 진행형인 목표라서 어떤 방향으로 흘러갈지는 아직 알 수 없다. 각자 자신이 잘할 수 있는 영역을 맡아 함께한다면 언젠가 그 꿈을 향해 다가갈 수 있으리라 믿었다.

우리는 서로 공동대표가 되어 '바즈인터내셔널'이라는 회사를 설립하고 구체적인 사업 방향을 구상해나갔다. 이 대표님은 인적인 네트워크를 만들고 비즈니스를 구성하는 영역을, 나는 전직 골프 선수로서의 전문성을 살려 브랜드를 구축하는 영역을 맡았다. 아직은 사업 초기라서 많은 일들이 '만들어져가고 있는' 단계다. 몇 명 되지 않은 직원들이지만 모두가 각자 일당백의 일을 소화해내느라 눈코 뜰 새 없이 바쁘다. 부족한 인력에도 늘 최선을 다해주고 열정적으로 나서는 회사 사람들이 고맙고 든든하다.

은퇴 후 첫 광고로 기아 K9의 모델을 하게 된 것도 이들의 힘이 컸다. 일단 자동차 모델을 여성이 하는 경우가 흔한 일은 아니었는데 K9 같은 대형 프리미엄 세단을 은퇴한 여성 운동선수에게 맡긴 것은 정말 과감한 결단이었다. 이런 대형 세단은 중후한 이미지의 남자 모델이나 기업의 회장님 같은 이미지와 함께 가는 것이 보통이다. 기아의 선택은 뜻밖이었다. 자동차 광고는 보통 차량의 기술력과 기능적인 면을 강조하며 강인한 남성 리더 이미지를 내세우는데, 우아하고 화려하고 세련된 부유한 이미지의 모델로 내가 나서게 됐다는 것은 개인적으로도 기쁜 일이었다. 여성들도 얼마든지 성공한 리더로서 전면에 나설 수 있다는 점을 보여줄 수 있었기 때문이다.

이런 이미지 구축은 다른 모든 여성들에게 영감과 용기를 줄 수 있다고 믿는다. 한 시절을 빛낸 운동선수로서, 결단력 있는 리더로서, 사회적 성공을 이룬 롤모델로서, 꿈을 향해 앞으로 나아가는 인생의 후배들에게 좋은 본이 될 수 있기를 바랐다.

운동밖에 몰랐던 선수가 사업가로서의 활동에 용기 있게 나설 수 있도록 큰 힘이 되어준 것은 그렇게 소박하게 시작된 인연이었다. 인연을 맺고 관계를 유지해나가는 것은 사업적인 측면뿐만 아니라 인생을 살아가는 데 있어 가장 중요한 덕목이라고 해도 과언이 아니다. 우리는 언제나 관계 속에서 살아가고 사람과 사람 사이의 일들이 곧 우리의 삶이 된다.

관계는 마음먹는다고 갑작스럽게 만들어지지 않는다. 나는 인연을 소중하게 생각하는 편이다. 사람이 사람을 만나는 일은 결코 우연이 아니며 그 순간들이 쌓이고 모여서 수많은 기쁨과 행복을 만들어낸다고 믿는다. 그래서 한 번 맺어진 인연은 오랫동안 유지하고 다져나갈 수 있도록 노력하고 또 노력한다. 시간과 노력이 만들어낸 관계 속에서 신뢰가 싹틀 때 예상치 못했던 새로운 길이 열린다. 골프라는 스포츠가 겉보기에 아주 정적이고 고독해 보이지만, 사실은 관계를 만들고 신뢰를 쌓아가기에 상당히 유리한 종목이다. 덕분에 골프를 매개로 쌓아올린 소중한 인연들을 지속적으로 유지할 수 있었던 게 아닌가 싶다. 지난 삶이 때론 고독했지만 외롭지는 않았다. 내게는 골프가 있었고, 골프는 내게 사람을 선물했으니까.

운동에만
집중하고 싶은데

〈노는언니〉촬영을 하면서 멤버들을 집에 초대해 맛있는 음식을 대접할 기회가 생겼다. 멤버들은 손수 나무로 도마를 만들고 네온사인을 만들어서 집들이 선물을 들고 왔고, 나는 집에 있는 재료들을 모두 꺼내서 집들이 요리를 만들어 내놓았다. 방송 초기 때라서 이런 기회들은 멤버들간의 친목을 다지기에 아주 좋은 시간들이었다. 〈노는언니〉를 통해 다른 종목의 선수들을 만나 각자의 고충과 행복들을 함께 나눌 수 있었기 때문이다.

그런데 한참을 웃고 떠들며 촬영하다가 유인이가 현희에게 "언니 쌍꺼풀 수술했다고 징계받고 그런 일 있지 않았어요?"라고 물었다. 잠깐만, 뭐라고? 내가 지금 뭘 잘못 들은 건가? 쌍꺼풀 수술을 해서 징계를 받았다니, 잠시 귀를 의심했다. 〈노는언니〉 멤버 중에 쌍꺼풀 수술을 안 한 사람이 민정이밖에 없을 정도로 아주 흔한(?) 일인데 이게 대체 무슨 소린가.

　사정을 들어보니 기가 막혔다. 당시 남현희 선수는 2005년 세계선수권대회에서 단체전 금메달을 따고 금의환향했다. 시즌이 끝나고 긴 휴식시간이 돌아왔을 때, 쉬는 시간을 활용해 쌍꺼풀 수술을 했다고 한다. 그러자 미용에 빠져 운동을 소홀히 했다는 이유로 출전금지 징계를 받았다는 것이다. 아니 방금 금메달을 따온 선수에게 이게 무슨 소리지? 도대체 쌍꺼풀 수술과 경기력에 무슨 상관관계가 있단 말인가!

　남현희 선수는 펜싱 계에 누가 될까 봐 제대로 항변도 하지 못했고, 마치 시합을 하러 나가야 하는데 시합을 빠지고 성형을 하러 간 사람처럼 와전되어 기사가 나갔다. 사람들은 운동선수가 운동은 안 하고 성형에나 신경 쓴다는 식으로 악플을 달았고, 이런 기사는 잊을 만하면 다시 수면 위로 떠올라 남현희 선수를 고통스럽게 했다. 왜곡된 기사도 문제였지만 쌍꺼풀 수술을 했다는 이유로 징계를 했다는 사실은 가히 충격적이었다. 생활지도를 받는 청소년도 아니고 국가대표 프로 선수에게 이런 처우가 가당키나 한가.

현역 시절에 나는 늘 바지를 입었다. 다른 이유는 없다. 경기할 때 바지가 편하기 때문이었다. 스윙을 할 때, 걸어 다닐 때, 공을 놓기 위해 무릎을 굽혀야 할 때, 움직임이 자유로운 바지가 당연히 더 편했다. 치마 경기복을 입어본 적도 있다. 그날 나는 제대로 앉지도 무릎을 굽히지도 못했다. 허벅지까지 드러나는 짧고 타이트한 치마를 입으니 모든 것이 너무 불편하고 신경이 쓰였다.

경기에만 집중해도 모자랄 판에 치마 속이 보이면 어떡하나 걱정하고, 딱 달라붙은 옷 때문에 제대로 움직이지도 못한다면 그걸 경기복이라고 할 수 있을까? 얼마 전 노르웨이의 비치핸드볼 여자 선수단이 규정에 맞지 않는 유니폼을 입었다며 유럽핸드볼연맹은 이들에게 벌금 1500유로를 부과했다. 비키니가 아닌 반바지를 입었다는 이유였다. 여자 선수는 반바지가 아닌 비키니를 입어야 하고 남자 선수들은 무릎 위 10센티미터까지 오는 반바지로 규정되어 있다. 똑같은 경기를 하는데도 여자 선수들은 늘 몸에 딱 달라붙거나 너무 짧아서 움직임이 불편한 유니폼을 입도록 규정되어 있는 경우가 많다. 테니스나 배구의 경기를 자세히 보면 그 차이를 확실하게 알 수 있다. 남자 선수들은 티셔츠에 반바지를 입는다. 여자 선수들은 속바지가 다 드러나 보이는 짧은 치마에 딱 붙는 상의를 입고, 여자 배구 선수들은 핫팬츠에 딱 붙는 민소매 상의를 입는다. 이것은 과연 누구를 위한 유니폼일까?

골프는 그나마 선택권이라도 있지 규정으로 지정된 유니폼을 입어야 하는 종목들에서는 선수 개인의 불편을 이유로 다른 것을 선택할 수도 없다. 여자 선수들은 기본적인 유니폼부터 모든 행실 하나까지 엉뚱한 잣대로 재단당하고 비난받곤 한다. 머리카락이 너무 짧으면 왜 여자 선수가 머리가 짧냐고 비난하고, 머리카락을 기르고 화장을 하면 선수가 운동은 안 하고 꾸미는 데나 신경 쓴다고 비난한다.

운동선수가 운동에만 집중하면 안 되는 것일까? 여자 선수도 여자이기 이전에 운동선수다. 운동선수들은 경기력 향상에만 몰두하며 노력하고 싶다. 경기와 상관없는 성형이나 미용에 대한 비난, 선정적인 유니폼 같은 것들이 선수들의 발목을 잡고 비난의 명분이 되는 세상은 언제쯤 끝날까. 마음이 무겁다. 여전히 후배들을 위해 내가 해야 할 일이 많다.

보통 사람들의 이야기를 통해
배운다

박찬호, 박지성, 박세리.

한때 대한민국을 흔들었던 우리 세 사람이 은퇴 후 새로운 도전을 시작한다는 내용의 〈쓰리박: 두 번째 심장〉. 레전드라 불렸던 세 사람이 한 프로그램에 모두 모인다는 것만으로도 엄청난 화제가 됐다. 특히 박지성 선수는 예능 프로그램에 얼굴을 자주 내비치는 캐릭터가 아니었기 때문에 세 사람이 한 자리에 모인다는 사실에 사람들은 열렬한 환호를 보냈다. 믿거나 말거나, 방송이 시작되기도 전에 이미 프로그램 광고가 완판되었다는 소식도 들려왔다.

박찬호 선수는 프로 골퍼에 도전하고, 박지성 선수는 사이클에 도전한다고 했다. 아니, 여태까지 운동하고 새로운 도전을 하라 니까 또 운동을 하신다고요? 정말 체력왕 아니신지.

나는 어떤 도전을 해볼까. 운동선수로 은퇴했으니 다시 운동하 는 건 싫다. 새로운 도전이니까 새로운 것을 해야지. 그렇게 나의 도전은 '요리'로 가닥이 잡혔다. 방송에서 요리하는 장면이 몇 번 나오긴 했었지만 사실 나는 요리를 전문적으로 배워본 적도 없 고 집에서 집밥 해 먹는 수준이었다. 그러니 이번 기회에 요리도 좀 배우고 색다른 시도를 해볼 수 있지 않을까.

'세리테이블'이라는 이름으로 작은 식당을 차리고 고마운 분 들을 초대해 맛있는 요리를 해주는 것이 주요 콘셉트였다. 그런 데 식당이라니… 아, 너무 부담스럽다. 방송을 위해 임시로 만든 것이긴 하지만 일일 셰프가 되어 요리를 대접해야 한다는 생각 을 하니 너무 긴장이 됐다.

그럼에도 이 콘셉트에 동의한 것은 개인적인 친분이 있는 지 인뿐만 아니라 보통 사람들의 꿈과 애환을 들어볼 수 있는 자리 라 될 것 같았기 때문이다. 코로나 시국에 고군분투하는 취업준 비생들과 소상공인들을 만났을 때 아, 이 프로그램 하길 잘했다 는 생각이 들었다.

"누군가에게 대놓고 대접받아보긴 처음이에요."

음식이 테이블에 올라가자 취업준비생들의 눈이 반짝반짝 빛났다. 별거 아닌 상차림이지만 '대접받는다'는 느낌이 그들에게 작은 위로로 다가선 모양이다. 수많은 기업들이 어려움을 겪는 상황에서 일자리는 점점 줄어드는데 취업을 위해 하루하루 애쓰는 젊은 친구들이었다.

승무원을 준비하고 있었는데 코로나19가 터지면서 진로를 바꿔야 했던 청년은 4년이나 준비했지만 꿈을 접어야 했다. 본인의 의지가 아닌 외부 요인 때문에 멈춘 꿈이어서인지 여전히 미련이 남는다며 아쉬워했다.

2년 넘게 변리사 공부를 하다가 취업을 하는 것으로 방향을 바꾼 청년 역시 아직도 그때 공부했던 책들을 버리지 못했다고 한다. 첫 만남이었는데도 취업 준비라는 공통된 상황 때문인지 짧은 시간에 서로 마음을 터놓는 모습이 인상적이었다.

계약직으로 일하다가 정규직 전환의 문턱에서 좌절한 청년은 원래 온라인마케팅 분야를 계속 준비했다고 한다. 오랫동안 한 분야를 열심히 준비했는데 실패가 계속되자 자신에게 맞지 않는 길을 가고 있나 하는 의문과 의심 앞에서 불안해하는 중이었다.

자의든 타의든 인생의 방향을 바꾸는 기로에 서 있는 세 청년은 연신 고개를 끄덕이며 서로의 마음을 이해했다. 때론 모르는 사람 앞에서 자신의 가장 진실한 모습이 드러나기도 한다. 처음 만난 세 사람이 음식을 나눠 먹으며 공감의 시간을 만들어가는 모습이 애틋하고 짠하면서도 보기 좋았다. '세리테이블'을 통해 좋은 관계와 인연을 만들어준 것 같은 기분이랄까. 아직 자신의 자리를 찾지 못해 방황하고 있다는 젊은이들에게 따뜻한 스튜와 고기를 '대접'하는 기분은 정말 뿌듯했다.

뉴스나 시사교양 프로그램에서는 잘 정리된 사회적인 이슈 속에서 보통 사람들의 필요한 말들만을 편집해 내보낼 수밖에 없다. 그것 역시 꼭 필요한 말들이지만 우리는 사실 틈새 속에서 훨씬 더 많은 삶을 살아가고 그 이야기는 무궁무진하다. 그런 이야기들이 세상 밖에 나와서 공감의 손을 잡아줄 수 있는 세상이 되면 좋지 않을까?

나는 늘 보통 사람들의 이야기를 듣고 싶었다. TV에서는 늘 유명 연예인이나 전문 방송인들에게 우선적으로 마이크가 쥐여진다. 방송이라는 속성상 어느 정도 전문성이 있어야 하기 때문에 어쩔 수 없는 측면이 있다는 건 알고 있다. 그럼에도 온 가족이 부담 없이 볼 수 있는 예능 프로그램에서 우리 이웃의 평범하고도 특별한 이야기도 같이 나눌 수 있다면 공감대를 더 넓힐 수 있을 텐데.

선수 시절에도 내가 가장 좋아했던 것은 팬들과의 소통이었다. 기회가 많지는 않았지만 선수와 팬 이상의 인간적인 교류를 무척 좋아했다. 내가 겪어보지 못한 세계를 살아가는 사람들, 그러면서도 결국 같은 지점에서 울고 웃는 사람 사는 이야기. 마음을 나누면서 서로 공감하고 위로하고 응원하는 작은 일상은 우리 삶에서 무척 소중한 순간이 된다. 그런 순간들을 시청자들과 나눌 수 있다면 나는 정말 그것으로 됐다.

　많은 기대를 안고 이 프로그램을 시작했지만 개인적으로는 아쉬운 부분이 많았다. 아무래도 시간의 제약 때문에 실제로 더 많은 이야기들이 오고 갔음에도 그것이 방송에 다 담기지 못한 것이 가장 아쉽다. 내게 또 기회가 온다면, 그때는 좀 더 넉넉하게 보통 사람들의 이야기를 함께 나누는 시간을 갖고 싶다. 해주고 싶은 이야기, 듣고 싶은 이야기가 참 많다.

무엇이든 한 번에 되는 일은 없다.

나 역시 매일 새롭게 시작한다.

해설위원 박세리로
'생생하게' 적응하기

"이번 맛집 메뉴는 뭔가요?"

골프 해설 일정이 잡힐 때마다 이번에는 어떤 맛집을 가볼까 고민하는 시간이 길어진다. 전국 각지에 있는 골프장에 직접 가야 하는 출장인데, 차를 오래 타는 걸 싫어하는 내가 그 먼 길을 가야 한다면 반드시 맛있는 걸 먹고 오겠어! 난 먹는 것에 진심이니까. 물론 해설위원의 일을 모두 마친 뒤 남는 시간에 맛집을 찾는다. 전국 각지를 가는 김에 나에게 주는 보너스 같은 개념이랄까.

사실 현장에 가면 대회장을 답사하는 게 가장 중요한 일이다. 러프의 길이, 공의 스피드, 날씨 같은 전체적인 컨디션을 확인하고 숙지한다. 같은 코스라고 해도 갈 때마다 답사는 빼먹지 않는다. 매년 똑같은 세팅으로 진행되는 것도 아니고, 잔디에 병이 들었거나 하면 잔디 상태도 달라질 수 있기 때문이다. 골프장 상태를 미리 파악해두어야 해설할 때 현장 상황을 이해할 수 있다.

운동선수가 은퇴 후 해설위원이 되는 일은 종종 있는데 운동만 하던 선수들이 중계석에 앉아 말발을 세워야 하니 보통 어려운 일이 아니다. 생방송으로 진행되다 보니 실수하면 안 된다는 압박이 있어서 엄청 긴장되고 떨리기도 한다. 나 역시 처음에는 쉽지 않았다. 해설이라는 걸 한 번도 해본 적이 없으니까 그렇게 떨릴 수가 없었다.

선수 입장에서 자연스럽게 이야기하면 된다고 했지만 해설은 감상이 아니기 때문에 중요한 지점을 잘 짚어주기도 해야 한다. 그리고 가장 어려운 점은 말을 짧게 끊어가며 해야 한다는 점이다. 이 선수에 대해 이야기하다가 갑자기 화면이 다음으로 넘어가면 난감한 상황이 된다. 그대로 멈추면 이야기를 듣다 마는 것이니까. 그래서 말을 짧게 해야 화면이 넘어가더라도 얼른 수습할 수 있다.

생방송이라서 말실수를 하면 바로 방송 사고다. 그게 가장 긴장되는 일이라서 늘 조심하고 있었는데, 신인 캐스터가 분위기를 풀어보겠다고 농담을 했다가 된통 혼난 일도 있다. 가끔 생방송 중에 재미있는 일화가 있냐고 묻는 경우가 있는데, 정말 큰일 날 소리다. 재미있는 일이 있을 수가 없고 있어서도 안 된다. 흥분하거나 말실수를 했을 때 시청자 입장에서는 잠시 재미있고 말일일 수 있지만 방송국 입장에서는 중징계를 받을 수도 있는 큰 사고다. 그런 일은 일어나서도 안 되고 제작진 입장에서는 전혀 재미있는 일도 아니다.

해설을 위해 경기를 지켜보면 내 눈에는 항상 선수들의 모습이 가장 먼저 눈에 들어온다. 스윙하는 모습만 봐도 지금 어디가 불편한지 컨디션이 어떤지 파악이 된다. 선수 출신 해설위원의 장점이 바로 이런 점이다. 선수였기 때문에 알 수 있는 미세한 변화나 차이 같은 것들. 그것을 알고 보는 것과 모르고 보는 것에서 시청의 재미가 달라지니 그런 지점들을 콕 집어 말해주려고 애쓴다. 선수를 이해하는 데에 도움이 되기도 하고 선배 입장에서 이런 경우에는 이런 기술을 사용하면 더 좋지 않을까 하는 조언을 하기도 한다. 물론 선수에게 들리는 것은 아니지만 시청자들이 선수를 이해하는 데에 도움이 되기도 하니까.

경기를 지켜보면서 간간이 해설도 해주고 경기 흐름도 짚어주면서 선수에 대한 정보도 담아내야 하니 해설을 한 번씩 하고 나면 정말 정신이 없다. 그나마 골프 해설은 정적이고 말을 많이 하는 편은 아니라서 지금껏 버텨오고 있는 게 아닐까 싶다. 만약 축구같이 역동적이고 순발력이 필요한 해설이었다면 나는 진작 지쳐서 나가떨어졌을지도 모른다. 아마도 목이 쉬어서 일주일에 4일은 목소리를 잃은 인어공주 처지가 되었겠지?

역시 아무리 생각해도 골프는 여러모로 나와 적성이 맞는 것 같다. 하하.

회장님,
골프로 기부 좀 하시죠

'유력 정치인과 기업의 회장님이 골프장에서 은밀한 만남을 갖는다. 둘은 수행원들을 거느리고 골프를 치며 밀담을 나눈다. 그 모습을 어디선가 지켜보는 정의로운 주인공. 혹은 몰래 숨어서 은밀한 만남을 촬영하는 탐정이나 심부름꾼. 그리고 어느 순간 그들의 부적절한 만남이 탄로나고 목격한 장면이 세상에 공개되며 파문이 일어난다.'

어디서 많이 본 장면 같지 않은가. 영화나 드라마에 단골로 등장하는 비리와 음모, 횡령의 클리셰다. 아니 왜 나쁜 짓은 맨날 골프장에서 공모하는 거야? 골프 선수 출신으로서 그런 장면을 볼 때마다 몹시 불편하다. 골프는 죄가 없다. 골프는 그저 스포츠 종목 중 하나일 뿐인데 왜들 그렇게 떳떳하지 못한 짓을 할 때의 배경은 늘 골프장이냔 말이다.

매체에서 골프에 대한 이미지가 이런 식으로 묘사될 때마다 속이 뒤틀리고 당장이라도 TV에 대고 "그만! 그만해!"를 외치고 싶지만 외친다 한들 소용없는 것. 기왕 방송 활동을 시작한 김에 골프에 대한 이미지를 바꿀 수 있는 기회를 만들어볼까?

아예 대놓고 회장님들이 골프 치는 모습을 방송하면 어떨까? 골프 프로그램에 출연해 게스트들과 경기를 하면서 해당 홀에서 이기면 기부를 하는 것이다. 각 홀에 기부금을 걸어놓고 다른 팀이랑 경쟁하면서 누가 기부금을 더 많이 획득하느냐를 겨루는 방식.

이긴 팀은 자신의 팀 이름으로 기부를 하고 회장님은 허심탄회하게 기업인으로서의 고충과 비전에 대해서 이야기하기도 하고 일상적인 이야기를 나눌 수도 있다. 그런 모습이라면 시청자들, 그러니까 잠재적인 고객들과 거리를 좁히며 모두에게 긍정적인 영향을 줄 수 있지 않을까?

골프에 대한 이미지도 개선하고 회장님은 좋은 일을 하고 기부처에도 도움이 되는 일이 된다! 세상에 도움이 필요한 곳이 얼마나 많은가. 특히 코로나19로 인해 어려움을 겪는 취약계층이 너무나 많다. 또 도움이 필요한 아동, 난치병을 앓고 있는 아이들, 버림받고 학대당하는 개를 보호하는 동물보호소, 코로나19 이전에도 돌봄을 받지 못해 소외되었던 독거노인… 조금만 관심을 갖고 들여다보면 자신이 있는 자리에서 도움의 손길을 내밀 수 있는 방법은 무궁무진하다. 게다가 사회적으로 어느 정도 입지가 단단한 기업인들이 골프의 스포츠맨십을 통해 당당하게 기부금을 모으는 형태라면 시청자들도 두 팔 벌려 환영할 일이다.

한참 이런 생각을 하고 있을 때, 골프 예능이 속속 기획되기 시작했다. 동시에 여러 채널에서 골프를 소재로 한 예능 프로그램을 만들고자 한다며 연락이 쏟아진 것이다. 골프 전문 채널도 많아졌고 예능도 방송되고는 있었지만 공중파와 종편 등 메인 채널이라고 할 만한 곳에서 골프와 예능을 접목시키다니! 나에는 너무나 반가운 일이었다.

다만 한꺼번에 많은 제안을 받으니 행복한 고민에 빠지게 됐다. 내가 가장 잘할 수 있는 프로그램을 해야 할 텐데… 고민 끝에 JTBC와 〈세리머니 클럽〉이라는 프로그램을 함께하기로 했다. 내가 그동안 생각해왔던 골프와 기부를 결합하는 포맷에 가장 긍정적인 반응을 보여줬기 때문이다.

비록 기업의 회장님을 모시는 게 생각보다 쉽지 않지만 베테랑 예능인들과 함께 골프 동호회를 결성한다는 콘셉트로 프로그램이 기획됐다. 코미디언 양세찬 씨, 가수 김종국 씨와 함께 클럽을 결성하고 매회 색다른 게스트들을 초대해 골프 시합을 하며 기부를 위해 미션을 성공시키는 것. 처음에 생각했던 방향과 가장 가까운 형태의 프로그램이었다.

은퇴한 이후 골프를 제대로 친 적도 없고 연습도 전혀 하지 않았기 때문에 실력이 예전만 못할 텐데, 그 모습이 전파를 탄다는 것에 대한 부담도 있었다. 선수 시절의 모습을 기억하는 사람들은 당연히 실력이 그대로일 거라고 생각하며 방송에서의 내 실력을 믿지 못하기도 했다. 심지어 설정이라고 생각하는 사람도 있고 못 치니까 인간미가 느껴진다는 사람도 있고, 정말 별의별 반응이 다 있었다.

실수하는 모습을 보여주는 건 여전히 부담스럽지만 잘 치고 못 치고가 뭐가 중요한가. 내 한 몸 희생해서 골프에 대한 인식이 달라진다면 그걸로 저는 오케이입니다.

골프는 어렵고, 시간이 오래 걸리고, 돈이 많이 들고, 접근성이 떨어지고, 무엇보다 비리와 음모의 온상이라는 편견과 오해를 깨트리고 싶다.

이제는 국민 스포츠로서 우리와 가까이 있는 생활체육이 되지 않았나. 언젠가 정말로 기업인이나 정치인과 함께 클린한 스포츠로서의 골프를 보여줄 수 있는 날이 오겠지?

그때까지 제발 골프장에서 음모를 꾸미는 장면 좀 만들지 말아주세요, 제발~!

서로 공감하고 위로하고 응원하는 작은 일상은

우리 삶에서 무척 소중한 순간이 된다.

그런 순간들을 사람들과 나눌 수 있다면,

나는 정말 그것으로 됐다.

4장
—

인생은
리치하게

—

우승과 영어의
상관관계

"미국에서 좀 살다 오셨나 봐요. 영어를 어떻게 그렇게 잘하세요?"

음… 틀린 말은 아닌데 맞는 말도 아니다.

일단 내가 영어를 그렇게 잘하는 것은 아닌데 '미국에서 좀 살다 왔다'는 맞는 말일 수도 있다. 아주 어린 시절, 초등학교 3학년 때쯤 가족들과 하와이에서 1년 정도 살았으니까. 그래서 영어를 잘하게 됐냐고? 그건 틀렸다.

하와이에서 1년을 보내는 동안 나는 영어를 거의 하지 못했다. 그 시절에 대한 기억도 별로 좋지 않다. 영어를 못하니까 친구가 없고 친구가 없으니까 외롭고 외로웠으니까 기억이 좋을 리가 없다. 그래도 어릴 때 영어를 접해서 미국에서 선수생활하는 데에 도움이 되지 않았냐고 묻는다면, 그것도 절대 No.

스무 살에 본격적으로 프로 테스트를 받고 미국에서 활동하겠다고 무작정 미국으로 건너갔을 때, 나는 공항에서 게이트조차 제대로 찾지 못했다. 할 줄 아는 영어라고는 Yes와 No뿐이었다. 믿기지 않겠지만 정말이다. 공항에서 탑승권을 받아서 탑승 게이트를 찾아가야 하는데 탑승권 내용과 표지판들을 일치시키기가 너무 어려운 것이다. 아, 도대체 어디로 가라는 말이지? 미국 현지에 가족, 친구, 지인 등 아는 사람이 하나도 없는 것은 물론 미국으로 떠날 때도 말 그대로 혼자였다. 영어는 한마디도 못하면서 무슨 배짱으로 그랬는지 모르겠는데 그때는 더 넓은 무대에서 뛰겠다는 일념 하나로 정말 혈혈단신 떠난 길이었다.

그런데 공항에서부터 난관은 시작됐다. 알파벳 하나하나 뚫어져라 쳐다보면서 모니터 앞에 서서 글자를 하나하나 맞춰보다가 이러다 탑승 시간을 놓칠 것 같아서 일단 아무나 붙잡고 물어봤다. 어떻게? 당연히 손짓 발짓 보디랭귀지로. 탑승권을 보여주고 이 게이트가 맞냐, 이 게이트가 어디냐 열심히 물어 물어 겨우 탑승 게이트를 찾았다. 일단 가긴 갔는데 혹시 잘못 타면 어떡하지? 식은땀이 줄줄 흘렀다.

비행기에 탔는데도 이 비행기가 맞는지 몰라서 엉덩이가 계속 들썩거렸다. 뭐라고 뭐라고 방송이 나오긴 하는데 알아들을 리가 있나. 지금 생각해보면 게이트를 통과할 때 이미 확인이 됐으니 그렇게 불안해할 필요가 없었는데 그때는 아무것도 몰랐다. 옆 사람에게 탑승권을 보여주고 이 비행기가 여기 가는 거 맞냐고 한 번 더 물어봤다. 아, 국제 미아(?)가 될까 봐 얼마나 마음을 졸였던지!

이 정도로 영어를 못하면서 미국에 갈 생각을 하다니, 여러분 저 좀 대단하지 않습니까?

그러나 고난은 끝이 아니라 시작이었다. 영어를 못하니까 다른 선수들이 말을 걸면 완전히 꿀 먹은 벙어리가 됐다. 혼자 식당에 가서 음식을 주문하는 건 엄두가 안 나서 샌드위치를 사다가 혼자 호텔 방에서 먹었다. 로커룸에 들어가면 영미권 선수들이 가득 있는데, 누가 나한테 말 걸면 어떡하지? 대회 시작하기도 전에 로커룸에 들어가는 것부터가 긴장의 연속이었다.

그래도 혼자 미국까지 왔으니 좋은 결과를 내는 게 제일 중요했다. 겨우 넉 달이 지났는데 아버지는 벌써 이제 그만 돌아오라고 성화였다. 난 이제 시작인데 돌아오라니 무슨 소리야? 개의치 않고 성적을 내는 데에만 열중했다. 그다음 이야기는 여러분이 모두 아시는 대로다.

"아빠, 내가 뭐라 그랬어? 내가 해낼 거라고 했지?"

LPGA 투어 맥도널드 챔피언십, US 여자오픈 우승을 시작으로 트로피를 번쩍 들어 올리는 횟수가 늘어났다. 물론 한국으로 돌아오라는 소리는 쏙 들어갔다.

그런데 문제가 또 시작됐다. 자꾸(?) 우승을 하니까 자꾸 우승자 인터뷰를 하게 되는데 리포터의 질문을 이해할 수가 없는 것이다. 맥도널드 챔피언십에서 첫 우승을 하고 리포터가 질문을 하는데 알아들을 수 있는 말은 '메이저'라는 단어였다. 그래서 내가 되물었다.

"디스 이즈 메이저?"

맥도널드 챔피언십이 메이저 대회라는 것도 모른 채 신인으로서 첫 우승을 메이저에서 해버린 것이다. 영어를 잘 몰랐으니 대회란 대회는 그냥 다 신청해놓았을 뿐이었고, 내게는 이 대회에서 우승을 하면 US 여자오픈에 예선전 없이 자동으로 출전하게 된다는 사실만이 중요했다. 인터뷰를 하려던 리포터는 얼마나 황당했을까. 미안, 제가 영어를 잘 못해서 무슨 대회인 줄을 몰랐네요. 하하.

처음에는 통역사의 도움을 받았다. 그렇게 도움을 받으니 인터뷰도 할 만해졌다. 그런데 어느 순간 리포터의 질문이 아주 조금 들리기 시작했고 통역사의 통역도 어설프게 들리기 시작했다.

아니, 가만 들어보니 내 답변이 제대로 전달되고 있는 것 같지 않은데?

안 되겠다. 앞으로 활동할 날이 구만 리 같은데 언제까지고 통역사의 도움을 받을 수는 없었다. 그때부터 내가 직접 인터뷰에 응하기로 했다. 당장은 서툴고 힘들겠지만 언젠가는 해야 할 일이었다.

처음에는 짧고 간단하게 단답형으로 대답하는 것부터 시작했다. 나중에는 리포터의 질문들을 기억해놨다가 집에 가서 그 질문들의 의도를 더 정확하게 파악하려고 애썼다. 아, 그걸 물어보려고 했구만? 그럼 이렇게 대답해야지.

대단한 영어 공부 방법을 기대했다면 실망했겠지만 정말 이게 전부다. 요즘은 운동선수들이 해외로 진출하면 구단이나 매니지먼트사에서 과외 선생님을 붙여준다던데 나는 그런 도움이 전혀 없었다. 다들 내가 영어 일대일 과외를 받은 줄 아는데 과외 선생님도 없었고 사실 과외를 받을 시간도 없이 바빴기 때문에 내 영어는 그냥 생존 영어다. 우승 인터뷰를 더 잘하기 위해 리포터의 말을 알아들어야 했고, 의사표현을 정확하게 하고 싶었기 때문에 말하는 연습을 부지런히 했을 뿐이다. 어쩌면 뭐든 겁 없이 덤비는 내 성격 덕분에 그만큼이라도 할 수 있게 된 게 아닐까 싶다. 나는 그냥 좀 뻔뻔했다. 무턱대고 부딪치지 않으면 살아남을 수가 없으니 일단 해보는 수밖에.

우승을 할수록 영어 실력은 조금씩 늘었다. 언어 배우기에 이처럼 확실한 목적과 목표만큼 훌륭한 동기부여가 있을까?

성장하고 싶다면
알아야 할 것

"이번 경기 라이벌은 누군가요?"

사람들은 라이벌 구도를 참 좋아한다. 스포츠에서 라이벌이란 승부욕을 자극하고 선의의 경쟁을 이끈다는 점에서 긍정적인 측면도 분명 존재한다. 서로를 이기기 위해 더 노력하고 훈련해서 더 좋은 성적을 내는 것. 어찌 보면 굉장히 이상적이고 아름다운 장면으로까지 보인다.

하지만 특정 선수와 라이벌 구도가 형성됐을 때, 그것이 선수들에게 그저 이상적으로만 작용하지 않는다는 게 문제다. 게다가 언론이 쓸데없는 경쟁구도를 부추겨서 실제로는 사이가 좋고 서로를 격려하는 사이인데도 괜한 오해를 만들거나 사람들의 시선 때문에 서로 불편해지는 일도 많다. 라이벌 관계란 겉보기에는 스포츠의 드라마틱한 특성을 잘 드러내는 것 같아도 해당 선수들의 경기력에 도움이 되는지에 대해서는 의문이다.

한때 김연아 선수와 아사다 마오 선수의 라이벌 구도 만들기가 유행처럼 번지던 시절이 있었다. 김연아 선수의 뛰어남을 강조하기 위해 아사다 마오 선수를 비하하거나 평가절하하기도 하고, 실수를 크게 부각시키기도 했다. 자꾸만 마오 선수에 대한 생각을 연아 선수에게 묻거나 표정이나 제스처 같은 것에 제멋대로 의미 부여를 하기도 했다. 두 선수의 실제 관계가 어떠한지, 정말로 라이벌 의식이 강렬해서 신경이 쓰이는지는 알 수 없다. 설령 라이벌 의식이 있었다 하더라도 그것은 스스로의 실력을 키우기 위한 동기부여일 뿐, 그 이상도 이하도 아니었을 것이다.

운동선수의 목표는 오직 하나, 좋은 성적을 내는 것이다. 운동선수가 경기를 준비하는 과정에서 가장 중요하게 생각하는 것은 자기 자신과의 싸움이지 라이벌과의 경쟁이 아니다. 누군가를 이기기 위한 것이라면 그 라이벌이 은퇴하거나 사라졌을 때, 더이상 경쟁할 만한 대상이 나타나지 않을 때 선수는 무엇을 향해 앞으로 나아가겠는가.

운동선수의 목표는 상대적인 것이 아니라 절대적인 것이다. 내가 누구를 이겼느냐는 중요하지 않다. 내가 스스로 세운 목표를 달성했느냐가 핵심이다.

　내게도 라이벌이 누구냐는 질문을 하는 사람들이 많았다. 대답을 하지 않아도 자기들 입맛대로 특정 선수를 박세리의 라이벌이라고 언급하며 억지 구도를 만들기도 했다. 나와 친한 동료까지도 라이벌로 만들어버리다니. 아, 불편하고 신경 쓰여! 괜히 눈치가 보이고 불편해져서 속상했던 적이 한두 번이 아니다.
　나는 항상 최고의 선수가 되기 위해 최선을 다했다. 뻔한 말이지만 운동선수에게는 이것만큼 진심인 말도 없을 것이다. 최고가 되기 위해 최선의 노력을 한다는 것. 그것 외의 것들을 생각한다면 그건 최선의 노력이 아니다.
　내 목표는 우승 트로피였다. 너무나 당연하게도 최고의 기량을 펼쳐서 이 대회에서 우승하는 것, 오직 그것만 생각했다.
　내 목표는 1등이라는 그 자리인 거지 상대 선수를 누르는 게 아니었다. 왜 항상 누군가를 밟고 올라서야 한다고 생각할까. 함께 경기하는 선수들은 경쟁자라기보다 우승 트로피를 두고 각자의 기량을 최대치로 발휘하며 함께 가는 동료들이다. 경쟁을 하더라도 우리의 목표는 오직 하나일 뿐이다. 나는 누군가를 누르고 올라가는 게 아니라 저 트로피를 보며 앞으로 나아갈 뿐이다. 모두 각자 자기의 자리에서 최선을 다하는 게 진정한 스포츠맨십이 아니던가. 그렇기 때문에 나는 다른 선수들에 대해 전혀 생각하지 않았다. 오늘의 내 컨디션과 훈련, 성적만 생각하는 것으로도 충분하다.

스포츠의 가장 큰 미덕은 경쟁을 통해 성장한다는 것이다. 나 역시 골프를 통해 인생을 배웠다. 세상사 모든 일이 내 마음대로 되지 않고, 사람 마음이 다 내 마음 같지 않다는 것. 그럼에도 내게는 내일이 있으니까 오늘의 절망은 오늘의 것으로 묻어두는 것. 골프를 통해 나 자신을 다스리고 강해지는 것. 그렇게 조금씩 삶을 배우고 성장했을 뿐이다. 나의 성장에 적은 없다.

나를 쉬게 하지
않았을 때

'어, 오늘 뭔가 좀 이상한데.'

평소와 다름없는 평범한 날이었다. 늘 그렇듯이 전날까지 연습을 했고 평소처럼 잠을 잤고 제 시간에 경기장에 도착했고 컨디션도 나쁘지 않았다. 아무것도 달라진 것이 없었는데 이상하게 뭔가가 달라진 느낌이었다. 공을 쳐도 원하는 대로 나가질 않았다. 이상하다. 모든 것이 평소대로 흘러가는데 나만 달라진 것 같다.

그날의 경기는 역시 잘 풀리지 않았다. 아, 오늘은 날이 아닌가 보다. 다음 경기를 더 열심히 준비해야지. 그런데 다음 경기도 마찬가지였다. 어쩐지 내가 아닌 것 같았다. 이게 뭐지? 왜 이렇게

까지 안 되지? 경기가 안 풀릴 때마다 더 열심히 연습했다. 뭐가 문제인지 원인을 찾으려고 애쓰고 스스로를 더 다그쳤다. 하지만 의도치 않은 결과는 계속됐다.

열심히 하면 결과로 나타난다고 믿었다. 모든 것을 대비하고 준비했고 연습했다. 심지어 슬럼프가 올 때를 대비하기도 했다. 그러나 슬럼프는 준비한다고 오지 않는 것도 아니고 노력한다고 벗어날 수 있는 것도 아니었다. 어쩌면 나에게는 슬럼프가 오지 않으리라 믿고 싶었는지도 모른다. 슬럼프라는 손님은 언제나 불청객일 수밖에 없다는 사실을 애써 외면하고 싶었던 것 같다. 정신을 차리고 보니 나는 그렇게 끝이 보이지 않는 나락으로 떨어지고 있었다.

운동선수라면 누구나 한 번씩은 겪는다는 슬럼프. 그래서 슬럼프에 빠진 선수들에 대한 사람들의 시선은 너그럽지 않다. 다들 한 번씩 겪는 거잖아, 얼른 털고 일어서야지, 정신력의 문제 아니야? 운동선수가 멘탈이 그렇게 약해서 어떡해? 재활을 열심히 했어야지, 이제 은퇴할 때가 됐나 보네….

지켜보는 입장에서는 정말 쉽게들 이야기한다. 온 힘을 다해 질주하는 경주마가 어쩌다 돌부리에 걸려 넘어진 것처럼, 넘어진 거니까 다시 일어서면 된다고 이야기한다. 하지만 전력질주하던 말이 돌부리에 걸려 넘어졌을 때 어떤 말은 금방 일어서지만 어떤 말은 다리가 으스러진다.

선수들은 슬럼프를 아주 다양한 형태로 겪는다. 모든 슬럼프가 멘탈의 문제는 아니며, 모든 슬럼프가 부상의 문제도 아니고, 훈련을 게을리해서 생기는 문제도 아니다. 선수마다 원인과 형태는 다양하다. 그러나 슬럼프가 가져다주는 불안과 공포는 모든 선수들이 공통적으로 겪는다. 여기서 끝일까 봐, 다시는 회복하지 못할까 봐 좌절하고 절망한다. 운동선수에게 슬럼프는 사형선고와 같은 형벌처럼 느껴진다.

미친 사람처럼 슬럼프에서 벗어나기 위해 안간힘을 썼다. 설마 이대로 끝일 리가 없다. 내게는 아직 시간이 많고 아직 더 나아갈 길이 있다.

그때 나를 채찍질할 게 아니라 제대로 쉬었어야 했는데 슬럼프를 이겨내고 싶은 조급함이 상황을 더 나쁘게 만들었다. 빠져나오려고 할수록 더 깊이 늪에 빠지는 것 같았다.

어느 순간 경기장에 나가는 게 지옥처럼 느껴졌다. 내가 가장 잘하고 좋아했던 골프가, 경기장이 피하고 싶은 존재가 되었다. 아, 도망치고 싶다. 이곳에 서고 싶지 않다. 골프고 뭐고 다 그만두고 아무도 안 보고 살았으면 좋겠다는 생각이 들었다. 진지하게 앞날을 고민해야 하는 순간이 온 것 같았다.

그러던 중 손가락 부상을 당했다. 더 이상 골프채를 잡을 수 없는 상황이 된 것이다. 정말 이대로 끝내라는 계시인가? 혼란 속에서 좀 더 차분하게 생각을 정리했다. 그리고 일단은 반강제적인 휴식 기간을 갖기로 했다. 앞으로의 커리어를 고민할 시간도 필요했다.

슬럼프에 대해 생각할수록 이해되는 것이 하나도 없었다. 연습을 게을리하지도 않았고, 대회 때마다 좋은 성적을 냈고, 누구보다 치열하게 살았다. 아무리 힘들어도 그 시간을 원망하지 않았다. 나만 힘든 게 아니니까, 나만 아픈 게 아니니까 괜찮다고. 그렇게 생각하면 고통도 금방 사라지고 괜찮아진 것 같았다. 그렇게 잘 달려오고 있었다. 그런데 바로 그것이 나를 번아웃 상태로 만들었던 것이다. 몸은 이미 지쳐 있었는데 정신이 그걸 모른 척하고 있었다. 나는 전혀 멀쩡하지 않았다. 내가 기계도 아닌데 이렇게 미친 듯이 앞만 보고 달리고도 멀쩡할 리가 없지 않은가. 그저 '나는 괜찮다'는 자기최면에 걸려 몸과 마음이 다 타버리고 있는 걸 모르고 있었다.

운동을 시작할 때부터 쉬는 법을 몰랐다. 쉬면 안 된다고 생각했다. 하루라도 연습을 쉬면 감이 달라질 것 같은 불안감에 마음 편히 쉰 적이 없었다. 그래야 한다고 믿었다. 그렇게 내가 나를 너무 힘들게 했구나. 나를 소중하게 돌보지 않았구나. 깨달음은 너무 늦었지만 기회는 아직 있었다. 그래, 넘어진 김에 쉬어가자.

인생에는 언제나
플랜B가 필요해

"세리 씨, 게 낚시하러 같이 갈래요?"

슬럼프와 손가락 부상으로 하루하루를 멍하니 지내던 어느 날, 가족처럼 지내던 한인 부부가 내게 게 낚시를 제안했다. 아무것도 하고 싶지 않았고 아무도 만나고 싶지 않아서 허송세월을 보내고 있었는데 갑자기 낚시라니. 당시의 내 상황에서는 정말 뜬금없는 제안이었다. 그런데 이상하게 마음이 동했다.

아버지 생각이 났다. 늘 스케일이 남달랐던 아버지는 낚시 스케일도 어마어마했다. 남들은 호수 근처에 작은 텐트를 하나 쳐 놓고 고즈넉하게 낚시를 즐기는데 아버지는 텐트를 무슨 아파트

동처럼 지었다. 거대한 텐트를 네다섯 개씩 연결하고 전기까지 끌어와서 거의 숙소처럼 만들었다. 그곳에서 몇 날 며칠을 지내며 낚시를 하고 물고기를 낚으면 거하게 한상을 차려서 주변 사람들과 나눠 먹기를 즐기셨다. 그때는 그게 무슨 재미가 있나 싶어서 큰 관심을 두지 않았었다. 그런데 마음이 허하고 생각이 많아지자 낚시를 하러 가자는 제안에 귀가 솔깃해졌다.

그분들도 내가 너무 힘들어하고 있으니 뭔가 도움이 되어주고 싶었던 것 같다. 무기력한 시간을 보내는 내게 자꾸 커피 마시러 가자고 하면서 나를 바깥으로 이끌어내려고 애썼다. 늘 마음을 써주시는 고마운 분들이었다. 상태가 좋지 않았던 나는 마지못해 이끌려나가곤 했는데 이번에는 나도 낚시를 해보고 싶었다.

낚시는 아버지가 하는 걸 보기만 했지 한 번도 직접 해본 적이 없었는데 의외로 너무나 재미있었다. 닭의 목뼈나 살을 발라서 미끼로 걸고 낚시대를 던지면 스케일이 남다른 거대한 미국 게가 걸려 올라왔다. 물고기처럼 미끼를 콱 물어서 바늘에 걸려 올라오는 게 아니라 게가 집게로 닭고기를 잡고 야금야금 먹고 있을 때 얼른 뜰채로 떠서 잡아야 한다. 그 과정이 정말 재미있었다.

낚시대를 잡은 손의 감각에 집중하고 게의 움직임을 느끼며 정신을 쏟으니 시간이 후딱 지나갔다. 닭고기를 문 게가 도망치기 전에 뜰채로 잡아야 하니 타이밍도 중요했다. 지인과 나는 매일 신나게 게를 잡았다.

알이 꽉 찬 게를 잔뜩 잡아서 아이스박스에 넣어 집에서 찜을 해먹었는데 그 맛이 정말 기가 막혔다. 게 낚시의 재미를 맛본 나는 주변의 다른 지인들까지 끌어들여 그 재미를 널리 전도했다. 처음에는 아이스박스가 하나였다가 둘이었다가, 나중에는 해물라면을 끓여 먹으려고 라면까지 들고 가니 차가 작게 느껴졌다. 차를 바꿔야 하나 싶은 생각이 들 정도였다.

그렇게 아무 생각 없이 낚시의 맛에 빠져 있는 동안, 나도 모르게 자연스러운 쉼의 시간을 보내게 된 것 같다. 휴식이 절실하게 필요할 때, 쉴 수 있는 시간이 생겼지만 한 번도 제대로 쉬어본 적이 없으니 쉰다는 게 무엇인지도 잘 몰랐다. 그런 내가 복잡한 생각을 버리고 마음을 편안하게 먹도록 해준 게 바로 낚시였던 것이다. 오랫동안 나를 지켜본 그분들은 바로 그걸 알았던 것 같다. 내가 제대로 쉬지 못하고 있다는 것을.

지인들의 도움 덕에 나는 서서히 늪에서 빠져나오고 있었다. 머리가 맑아지고 다시 일어설 수 있을 것 같은 용기가 생겼다. 오직 골프에만 모든 것을 걸었던 내 인생에 대해서도 다시 생각하게 됐다. 아, 골프가 인생의 전부가 되어서는 안 되는구나. 직업이 인생이 되어서는 안 된다는 진리를 뒤늦게 깨닫고 나자 마음이 한결 가벼워졌다. 삶의 목적은 어떠한 일이 있어도 사라지지 않는 불변의 것이어야 한다. 일은 언제든 사라지거나 달라질 수 있다. 변수가 삶의 전부가 되어버리면 인생은 늘 불안정하게 흔들릴 수밖에 없다. 그렇게 살 수는 없었다.

많은 것들을 잊어야 했다. 과거의 성적, 과거의 영광, 과거의 기쁨. 모든 것을 내려놓고 휴식기를 가지면서 조금씩 다시 골프채를 들었다. 오늘 당장 예전 같은 컨디션을 회복하지 못했다 하더라도, 어제보다 조금이라도 나아지면 스스로를 칭찬했다. 그래, 잘했어. 내일은 조금 더 나아질 거야. 회복은 요술방망이를 휘두르듯이 짠 하고 이뤄지는 게 아니었다. 회복은 완성된 결과가 아니라 서서히 나아지는 과정일 뿐, 그러니 조금 느리더라도 천천히 가자고 생각했다. 나 자신에게 너그러워지자 실제로 조금씩 나아졌다. 아주 조금씩, 한 걸음씩 내딛었더니 어느새 다시 나 자신으로 돌아와 있었다.

슬럼프를 극복하고 예전의 컨디션과 성적을 다시 회복한 뒤 나는 은퇴에 대한 고민을 진지하게 시작했다. 매번 새로운 시즌이 시작될 때마다 앞으로 얼마나 더 선수 생활을 할 수 있을지 고민해야 하는 순간이 온다. 언젠가는 은퇴를 해야 할 때가 올 텐데, 닥쳐서 결정하기보다는 지금부터 계획을 세워야 하는 게 아닐까 싶었다.

그렇게 3년이라는 유예기간을 정했다. 10대부터 30대까지 온전히 골프 선수로 살았다. 은퇴 후 새로운 인생을 시작하려면 너무 나이 먹어서도 안 되고, 너무 어려서도 안 될 것이다. 40대 정도면 선수로서의 활동을 마무리하기에도, 제2의 인생을 시작하기에도 적당한 나이인 것 같았다. 그래서 2014년부터 3년 뒤 은퇴를 하기로 마음먹었다. 어쩔 수 없이 그만두고 싶지는 않다. 떠밀리듯이 은퇴하고 싶지는 않다. 내가 원할 때, 내 의지로 선택하고 싶었다.

고통스러운 슬럼프를 견뎌내면서 일과 삶을 분리해야 오랫동안 행복할 수 있다는 걸 알게 됐다. 골프로 시작된 인생이라 믿었고 골프로 끝날 것이라고 믿었다. 그것은 내게 아주 자연스러운 것이었다. 직장인들도 매일 같은 직장에 출근과 퇴근을 반복하며 그 삶을 자연스럽게 받아들이며 살아가지 않는가. 그런데, 그러다가 한 번 지쳐버리면 모든 것이 무너져버린다.

삶에는 언제나 플랜B가 있어야 한다. 지금 하는 일이 잘되고 있어도 인생의 본질적인 목적이 없다면 나 자신이 아닌 외부 요인으로 삶이 통째로 흔들리게 된다.

슬럼프는 바로 이런 진실을 내게 알려준 귀한 시간이었다. 선수로서는 다시는 겪고 싶지 않은 고통스러운 시간이었지만 그 시간이 아니었다면 지금의 내가 어떤 모습이었을지 감히 상상조차 되지 않는다. 위기를 기회로 만드는 것도 결국 스스로 해내야 한다. 어렵고 힘들수록 그 늪에서 벗어나기 위해 발버둥칠 것이 아니라, 그 시간을 통해 무엇을 얻을 수 있는지 고민할 수 있었으면 좋겠다.

벗어나려 할수록 깊이 빠진다. 한 번쯤은 힘을 빼자. 치열하게 살되 그 치열함을 늘 의심하자. 지금 이 삶이 최선인지, 혹시 이 치열함이 나를 갉아먹고 있는 것은 아닌지 말이다.

삶의 목적은 어떠한 일이 있어도

사라지지 않는 불변의 것이어야 한다.

변수가 삶의 전부가 되어버리면

인생은 늘 불안정하게 흔들릴 수밖에 없다.

나를 지키는
거절의 기술

나에게는 '미국 엄마'가 있다.

미국에 있는 동안 텃세를 부리고 차별을 하는 선수들도 있었지만 영어를 못하기 때문에 더 배려해주고 따뜻하게 대해주는 선수들도 있었다.

낸시 로페즈 선수는 엄마처럼 따뜻하고 다정한 사람이었다. 이제 막 LPGA 활동을 시작하는 스무 살 동양인 여자애가 영어도 잘 못하고 고립되는 것이 안쓰럽게 보였던 모양이다.

"너를 보면 내 젊은 시절이 생각나."

낸시 로페즈 선수는 처음으로 내게 따뜻한 말 한마디를 건네준 사람이었다. 자신의 젊은 시절이 나와 겹쳐 보인다던 그는 나를 동생처럼, 딸처럼 대해줬다.

당시에 나는 투어를 하면서 너무 많은 스케줄을 소화하고 있었다. 여기저기서 나를 찾는 사람들이 많아지면서 눈코 뜰 새 없이 바빴다. 한국에서 온 신인이 US 여자오픈 우승까지 했으니 국내외 가릴 것 없이 화제가 됐고, 연습을 못할 정도로 인터뷰도 많았다. 어떨 때에는 경기 외의 스케줄이 연습 시간보다 많았다.

"세리, 때로는 거절할 줄도 알아야 해. 모두를 만족시킬 수는 없어."

머리를 한 대 맞은 듯한 느낌이었다. 나는 왜 그동안 'No'를 하지 못했을까. 스케줄이 어떻든간에 내가 필요하다면 당연히 응해야 하는 줄 알았다. 우리는 그렇게 교육받아왔으니까. 딱 잘라 거절하는 건 예의가 아니라고. 나를 찾아주면 보답을 해야 한다고. 나도 응당 그래야 한다고 생각했고, 한 번도 거절할 생각을 해보지 못한 것이다.

"너를 희생하면 스스로를 지킬 수 없어. 중요한 건 너 자신이야."

나를 지키기 위해 거절할 줄 알아야 한다는 것이 처음에는 무슨 의미인지 잘 몰랐다. 나중에야 그것이 남에게 휘둘리지 않아야 한다는 뜻임을 알았다. 거절하는 것은 말처럼 쉽지 않다. 거절의 말은 단호하고 단정적인 뉘앙스를 품고 있기 때문이다. 누구라도 상대의 호의나 제안을 단칼에 거절하기는 쉽지 않을 것이다. 하지만 그럼에도 거절을 잘해야 이후에 더 편안한 관계를 유지할 수 있다. 자신의 의사 표현을 명확하게 해야 한다는 말이다. 그래야 서로 불필요한 오해나 추측이 생기지 않는다. 수많은 관계 속에서 정확한 의사 표현이 얼마나 중요한지 내게 알려주기 위한 조언이었던 것이다.

낸시 로페즈 선수는 어리고 경험이 부족한 내게 늘 적절한 조언을 아끼지 않았다. 낯선 땅에서 홀로 모든 걸 견뎌야 한다고 생각했는데, 나는 혼자가 아니었다. 그는 존경하는 선배 선수이자 지혜로운 조언자이자 마음 따뜻한 동료로서 늘 같은 자리에 존재해주었다. 낸시 로페즈 선수를 떠올리면 따사롭고 아득한 노스탤지어마저 느껴진다.

그를 보면서 나도 후배들에게 그런 사람이 되어야겠다고 생각했다. 단지 경기 성적만으로 추앙받는 선수가 아니라 후배들에게 좋은 롤모델이 되고 싶다. 우승을 몇 번 했고 상금을 얼마를 받았고 어떤 기록을 경신했는지보다 '좋은 인간'으로서 기억되고 싶다. 나도 낸시 로페즈 선수처럼 필요한 때에 필요한 조언을 해줄 수 있고, 존재 자체로 힘이 되는 그런 사람이 될 수 있을까.

인간은 배운 만큼 베푸는 것 같다. 살면서 얼마나 좋은 사람을 많이 만나느냐에 따라 그릇의 크기도 달라진다. 기준을 잡지 못해 갈팡질팡하던 때에 '여기까지야'라고 선을 그어주는 사람의 존재는 인생의 가이드라인이 된다.

내가 그렇게 배웠던 것처럼, 누군가 혼란스러운 갈래 길 앞에서 방황하고 있을 때 선을 그어주고 방향을 잡아주는 사람이 되고 싶다.

꿈은 누가 정해주는 게
아니다

골프 선수가 되고 싶어 하는 어린 친구들이 고사리 같은 손으로 골프채를 있는 힘껏 휘두르는 모습을 보면 너무 귀엽다. 그러다가도 마음 한편이 짠해진다.

'아, 너도 아주 외로운 길을 택했구나.'

다른 운동도 그렇겠지만 골프는 특히 외롭고 고독한 스포츠다. 팀 스포츠와는 달리 홀로 모든 것을 짊어지고 감당해야 하기 때문이다. 그만큼 강인한 정신력이 필요하다.

세리키즈들도 아빠 손에 이끌려 골프채를 들기 시작한 경우가 많다. 나 역시 첫 시작은 아빠의 권유였으니 부모님들이 선수 육성에 지대한 영향을 미치는 건 사실인 것 같다.

어린 나이에 운동을 시작하게 됐을 때 가장 중요한 건 아이가 스스로 재미를 느껴야 한다는 것이다. 처음에는 부모님이 권하고, 선생님에게 잘한다는 소리를 들으며 인정을 받으니 아이도 신이 나서 열심히 할 것이다. 처음 해보는 경험이니 신기하고 재미있다. 하지만 운동은 지독한 연습과 훈련이 매일 반복되는 지난한 행위다. 한 가지 동작을 수십 번, 수백 번 반복하고 잘되지 않는 부분을 잘되게 하기 위해 지루한 코칭도 견뎌야 한다.

나도 어릴 때 혼자 골프연습장에 가면 반복되는 연습이 지겨워서 연습장에 놓인 TV를 멍하니 쳐다보다가 집에 올 때가 있었다. 한창 친구들과 뛰어 놀고 싶을 나이에, 혼자 같은 동작을 반복하며 연습한다는 게 아이들에게 쉬운 일은 아니다. 그러다가 이러지도 저러지도 못 하고 관성적으로 연습장을 왔다갔다하는 것이다. 그렇게 아이는 지쳐간다.

운동하는 자녀를 둔 부모님을 만나면 꼭 해주고 싶은 얘기가 바로 아이가 그걸 즐기고 있는지, 재미를 느끼고 있는지 살펴보라는 것이다. 아이가 이미 지쳐버렸는데 부모님이 실망할까 봐, 그만두기에는 너무 늦어서 억지로 계속하는 경우를 많이 봤다.

아무리 뛰어난 재능을 가졌어도 스스로 흥미를 느끼지 못하면 발전에 한계가 있을 수밖에 없다. 부모님에게도, 아이에게도 모두 힘든 일이 된다.

운동을 놀이처럼 할 수 있게 분위기를 만들어줘야 한다. 스스로 선택하고 자신의 길을 만들어나갈 수 있게 해줘야 한다. 부모의 욕심이 앞서서 모든 것을 정해주고 이끌어버리면 아이들은 즐길 수가 없다. 꿈은 누가 정해주는 게 아니다. 무언가를 이루고 싶은 마음, 그것은 자기 안에서 나오는 것이다. 부모님들도 그걸 모르지 않을 텐데 자꾸만 마음이 앞선다.

어떤 선수가 되고 싶은지, 무엇을 이루고 싶은지, 미래에 어떤 모습으로 살아가고 싶은지, 그리고 정말 골프 선수가 되고 싶은지, 아이의 마음을 들여다보고 읽어줘야 한다. 부모님이 아무리 노력해도 운동은 결국 스스로 무한히 노력해야 하는 분야다.

어떻게 그 많은 성취를 이루었냐는 질문에 내가 늘 아버지 이야기를 빼놓지 않는 이유가 여기에 있다. 아버지는 내게 골프를 처음 권했고, 나의 가능성을 알아봐줬지만, 언제나 내가 스스로 길을 찾기를 바랐다. 이 고독한 길을 홀로 걸어 나갈 수 있는 내 안의 동력을 만들어주신 분이다.

자녀를 훌륭한 운동선수로 키우고 싶은 부모라면 언제나 아이의 등 뒤에서 아이가 걸어가는 길을 가만히 지켜볼 줄 알아야 한다. 부디 그 마음을 잊지 마시라고 전하고 싶다.

스파르타 훈련에 대한
오해

"박세리 아버지가 딸을 아주 잡았다더라."

"공동묘지에서 훈련을 시켰대."

"어릴 때부터 혹독하게 스파르타식으로 키웠다며."

아버지에 대한 오해는 정말 깊고도 넓었다. 지금은 그나마 여러 번의 인터뷰를 통해 정정된 부분이 많지만, 여전히 아버지의 훈련방식(?)에 대한 오해는 사라지지 않아서 답답하다.

대표적인 게 담력과 멘탈을 단련시키기 위해 일부러 공동묘지에서 나를 훈련시켰다는 오해다. 어디서 이런 황당한 소문이 시작되었는지 모르겠다. 어릴 때 연습장에서 집으로 가는 길목에 공동묘지가 있어서 연습 끝나고 집에 갈 때 항상 공동묘지 옆을 지나가게 됐다고 했을 뿐인데 난데없이 우리 아버지가 피도 눈물도 없는 교관이 되어 있었다.

아버지의 권유로 골프를 시작한 것은 맞지만, 그렇다고 아버지가 나를 골프 선수로 키우기 위해 혹독하게 다그친 적은 단 한 번도 없다. 누군가는 내가 강요에 의해 강제로 시작한 것으로 오해하기도 하는데 내 성격에 하기 싫은 걸 하란다고 할 리가 없지 않나. 아버지가 워낙 운동을 좋아하시고 특히 골프를 좋아하고 잘하셔서 내게 자주 권하기는 했다. 하지만 나는 이미 초등학교 때부터 육상 선수로 뛰고 있었고 처음에는 골프에 별다른 재미를 느끼지 못했다.

그러다가 어느 대회장에서 또래 선수들을 만나게 됐다. 아버지 친구 분이 그 선수들을 소개하는데 그 아이들이 너무 멋있어 보이는 것이다. 나도 분명 선수였는데 골프 선수는 어쩐지 다른 느낌이었다. 뭔가 멋지고 어른스럽고 존중받는 느낌이었달까. 나도 저렇게 소개받고 싶다. 주니어 골프 선수 박세리라고.

무엇보다 내게는 너무 훌륭한 스승이 있었다. 아버지는 골프를 시작해보겠다는 내게 모든 지원을 아끼지 않으셨다. 그중에 가장 중요한 가르침은 '스스로 할 수 있는 힘'을 길러주신 것이다.

아버지는 한 번도 연습을 강요하거나 무리한 요구를 하지 않으셨다. 내가 필요를 느껴서, 재미를 느껴서 스스로 할 수 있게끔 늘 조용히 지켜봐주셨다.

딱 한 번 아버지에게 혼난 적이 있다. 대회장에 갔는데 그날은 연습 라운드 하지 말고 오전 연습만 하고 들어가서 쉬자고 하셨다. 마침 나도 좀 쉬고 싶었기 때문에 오전 연습을 아주 열심히 했다. 오예, 얼른 끝내고 집에 가야지!

"세리야, 코스 나갈래?"

"무슨 소리야. 쉬라고 했잖아."

"나인 홀만 치고 와."

분명 아까는 오전 연습만 하고 쉬라고 해놓고 이게 무슨 소린가. 난 아버지 말만 듣고 오전 연습 열심히 했는데 또 코스를 나가라니! 궁시렁거리면서도 일단 나가긴 했다.

하지만 마음은 이미 집을 향해 있는데 공이 잘 맞을 리가 있나. 기분이 안 좋아서 대충 끝내고 나왔는데 아버지가 그 모습을 보고 불같이 화를 내셨다.

"그렇게 할 거면 운동 때려치워!"

너무 억울했다. 오랜만에 쉴 수 있다고 생각해서 마음이 들떴는데 본인 입으로 말한 걸 까먹어놓고 왜 나한테 화를 내는 거야.

지금도 그 장면이 생생하게 기억나는 건 아버지가 내게 처음이자 마지막으로 잔소리를 한 유일한 순간이기 때문이다. 연습한 번을 하더라도 제대로 하기를 바랐던 마음에서 건성으로 하고 나오는 내게 따끔한 소리를 해야겠다고 생각하신 것 같다.

골프 같은 개인 종목은 자기 자신의 의지와 열정이 가장 중요하다. 팀워크를 다지기 위해 단체 훈련을 하는 것도, 얼차려를 받는 것도 아니다. 골프는 자신과의 싸움에서 이겨야 하므로 스스로 하고자 하는 의지가 가장 중요하다. 아버지는 그런 점을 정확히 알고 계셨다.

아버지가 스파르타식으로 딸을 훈련시켰다는 소문은 뭔가 특별한 비결이 있으리라 짐작한 사람들의 웃지 못할 오해일 것이다. 골프에서 특별한 비결이란 스스로 부족한 부분을 찾고 자신의 의지로 노력하고 싸우는 것. 부모의 역할은 그런 자녀를 믿어주고 지켜보는 것뿐이다.

내가 그렇게 배웠던 것처럼,

누군가 혼란스러운 갈래 길 앞에서 방황하고 있을 때

선을 그어주고 방향을 잡아주는 사람이 되고 싶다.

엄마의 마음으로
국가대표팀 감독을 맡다

2016년 리우올림픽. 1904년 세인트루이스 올림픽 이후 112년 만에 골프가 올림픽 정식 종목으로 부활했다. 그동안 많은 사람들이 골프가 올림픽 정식 종목으로 채택되기를 기원했지만 종목의 특성상 채택은 쉽지 않았다. 골프는 경기장 환경을 갖추는 것에 지형과 환경의 영향이 크다. 그래서 각국의 지형과 기온 등 환경 조건이 어떠하냐에 따라 어떤 국가는 골프가 활성화되어 있고 선수들도 아주 많은데 어떤 국가는 그렇지 않다.

1904년 올림픽에서는 남자 골프에 출전한 75명의 선수 중에 72명이 미국 국적이었고 나머지 셋은 캐나다인이었다. 1900년대

초는 지금보다 더 열악한 시대이긴 했지만 전 세계인이 겨루는 올림픽 경기에서 한정적인 국가의 출전만이 가능하다면 정식 종목으로 채택되기는 쉽지 않다.

그리고 드디어, 112년 만에 골프는 올림픽 정식 종목이 되었다. 그만큼 골프와 관련한 인프라가 좋아졌고 세계적으로 선수 풀이 넓어졌다는 의미일 것이다. 다행스럽게도 리우올림픽이 열리던 2016년은 한국 여자 골프의 전성기를 맞이하던 때였다. 당시 세계 랭킹 5위 박인비, 6위 김세영, 8위 전인지, 9위 양희영이 출전 최종 명단에 이름을 올렸다. 대표팀 감독은, 바로 나였다.

"골프 국가대표팀 감독은 뭘 하나요?"

살아생전에 올림픽에서 골프 경기를 본 사람은 나를 포함해 아무도 없을 테니, 사람들은 대표팀 감독이 무슨 일을 하는지 궁금해했다. 골프는 개인 경기인데다 단체전도 없고 국가대표 선발전도 없으니 대표팀이 어떤 훈련을 하는지, 어떻게 준비하는지, 감독의 역할은 무엇인지 궁금할 만도 하다.

올림픽 골프 출전자 명단은 올림픽이 열리기 몇 개월 전에 당시 시점에서 세계 랭킹 순으로 정해진다. 상위 랭킹 4명의 출전자가 결정되면 국가대표 타이틀을 달고 올림픽 준비에 집중한다. 가장 중요한 부분은 부상을 당하지 않는 것. 선수들은 각자 나름대로의 훈련 방식을 갖고 있고 매주 대회를 나가며 흐름을 타고 있기 때문에 그 리듬을 깨지 않고 상승세를 유지하는 것이 가장 중요하다. 표면상으로는 국가대표'팀'이지만 팀으로서의 의미가 크진 않다.

여기서 감독이 해야 하는 가장 중요한 역할도 바로 이것이다. 선수의 좋은 컨디션을 계속해서 유지할 수 있도록 하는 것. 사람들은 나도 선수 출신이기 때문에 대표팀 선수들에게 코칭을 하거나 지도를 한다고 생각하는데 사실 그것만큼 위험한 것도 없다. 선수들은 이미 베테랑이고 프로고 세계적인 톱 클래스에 올라 있다. 자신들의 방식대로 잘해오던 선수에게 갑자기 올림픽 몇 달 전에 새로운 코칭을 하는 게 도움이 될 리가 없다. 오히려 혼란만 가중된다.

사실 나도 감독은 처음이라서 많이 긴장되고 조심스러웠다. 이전의 사례라도 있으면 좋으련만, 모든 것을 처음부터 스스로 해나가야 하는 일이었으니까. 하지만 이것 역시 나에겐 또 다른 도전이었고, 나는 도전을 두려워하지 않는 사람이니 정면으로 부딪쳐보기로 했다.

올림픽은 사전 준비보다는 현장의 상황을 제대로 파악하는 것이 훨씬 중요했다. 무엇보다 대회가 열리는 브라질 리우데자네이루는 치안이 좋지 않기로 악명이 높았고 현지 상황이 좋지 않아 선수들의 불안감이 컸다. 게다가 모기를 매개로 전염되는 지카 바이러스가 기승을 부리고 있어서 모든 올림픽 출전 선수들과 스태프들은 모기와의 전쟁을 대비하고 있었다.

올림픽 일주일 전, 리우데자네이루에 도착하자마자 우리는 경기장 상태를 확인하러 길을 나섰다. 그런데 세상에 맙소사. 바람이… 바람이 엄청났다. 8월이었지만 브라질은 겨울이었으므로 태풍의 영향을 받을 수 있다는 건 알고 있었지만 예상 외로 강력한 바람에 잠시 당황했다. 어느 정도였냐면 지카 바이러스를 걱정할 필요가 없었다. 바람이 너무 세서 모기가 각 잡고 피를 빨아먹을 수도 없을 지경이었다. 바람이 약했다가도 갑작스럽게 강풍이 불곤 했다.

"바람하고 싸우려고 하지 말고 바람을 이용하자."

선수들이 불안감을 느끼지 않고 평정심을 유지하도록 분위기를 잡아갔다.

음식에 대한 걱정도 컸다. 골프협회에서 현지 여행사를 통해 한식을 준비해주기로 했지만 골프 경기장은 올림픽 대회장과 거리가 좀 있어서 대표팀 숙소를 이용하지 못했다. 한국인은 밥심으로 사는데 그걸 놓칠 수는 없지.

치안이 좋지 않으니 현지인과 함께 짝을 이뤄 빠르게 마트에 다녀와야 했다. 선수들에게 먹고 싶은 게 뭔지 물어보고 숙소에서 만들 수 있는 거라면 다 만들어줬다. 아침을 든든하게 먹고 내

보내야 한단 생각에 일찍부터 일어나 아침상을 차려놓기도 했다. 한 인터뷰에서 막내 전인지 선수는 이렇게 말했다.

"저희 엄마의 손길보다 더 따뜻한 것 같아요."

거참, 결혼도 안 했는데 졸지에 딸이 생겼다. 실제로 그런 마음을 갖고 감독으로 임했다. 내가 해줄 수 있는 건 선수들이 마음을 편안하게 먹고 경기를 잘해내는 것이니까.

엄마 품만큼 따뜻하고 아늑한 곳이 어디 있겠나. 비록 몸은 이역만리 브라질 땅에 있지만, 여기에서만큼은 내가 엄마가 되어줄 테니 너희 뒤에 내가 있다는 걸 잊지 마. 든든하고 포근하게 받쳐줄 테니 걱정 말고 가자!

선수 마음,
선수가 안다

골프는 올림픽 전체 일정에서 가장 마지막에 열리기 때문에 온 국민의 이목이 더 집중되는 측면이 있다. 거기에 더해 골프에서 메달을 획득하리라는 국민들의 기대가 어마어마했는데 그래서 선수들이 느끼는 부담감도 어마어마했을 것이다. 나도 마찬가지였다.

감독의 역할을 잘하는 것은 선수로서 잘하는 것과 완전히 다른 일이다. 또 내가 감독의 역할을 잘한다고 해서 그것이 선수들의 우승으로 바로 연결되는 것도 아니다. 무척 중요하지만 내가 잘한다고 결과가 좋으리라는 보장이 없는 역할. 올림픽 골프 국가대표팀 감독의 일은 바로 이런 일이었다.

경기가 열리기 전에 언론은 골프 대표팀에 대해 이런저런 말들을 많이도 쏟아냈다. 다른 경기에도 마찬가지였겠지만 첫 올림픽 출전이라 기대를 모으는 중이어서 더욱 그랬던 것 같다. 올림픽 전에 박인비 선수가 약간의 부상도 있었고 성적도 상승세를 타지 못하는 상태였다. 그러자 언론에서는 그런 상태로 올림픽을 나가도 괜찮은 것이냐는 의문을 제기했다. 그런 압박감 속에서 박인비 선수도 마음이 편치 않았을 것이다. 급기야 자신의 부상 상태가 나아지지 않으면 대표팀에서 빠지는 게 좋지 않겠냐는 얘기까지 할 정도였다. 하지만 그렇게 한다고 해서 언론의 태도가 바뀔 리도 없고, 장담할 수 없는 상황 때문에 선수에게 올림픽 출전이라는 소중한 기회를 포기하게 할 수는 없는 노릇 아닌가. 그럴 수는 없었다.

올림픽이 열리면 선수들에게 인터뷰 요청이 쇄도한다. 관심을 주시는 건 정말 감사하고 힘이 되는 일이지만, 중요한 경기를 코앞에 두고 있는 선수들의 집중력에 방해가 될 때도 있다. 여기서 중요한 것이 또 감독의 역할이다. 선수들이 경기 준비에 집중할 수 있게 인터뷰 요청을 내가 커버하는 것이다. 꼭 필요한 인터뷰라면 감독의 이름으로 하고 그 외에는 적절하게 사양하면서 여러 '말들'에 흔들리지 않도록 결계를 치듯이 보호막을 둘러쌌다.

선수 입장에서 생각하면 금방 알 수 있다. 지금 필요한 것이 무엇인지, 지금 집중해야 할 것이 무엇인지 누구보다 내가 선수였기 때문에 그 마음을 잘 들여다보고 싶었다.

"지금 아주 좋아. 아무 문제없으니까 부담 갖지 말고 편안하게 해. 괜찮아."

경기가 시작됐고, 마지막 4라운드 날이 돌아왔다. 최종 라운드에서 한국의 박인비, 뉴질랜드의 리디아 고, 미국의 저리나 필러 선수가 상위권을 유지하고 있었다.

아무 말 없이 박인비 선수의 뒤에 서서 아무렇지 않은 눈으로 힘을 보냈지만, 사실은 굉장히 긴장되고 조심스러웠다. 그동안 박인비 선수가 얼마나 마음고생을 했는지 누구보다 잘 알기에 부디 좋은 결과가 있기를 간절히 바라면서, 동시에 스스로 만족할 만한 플레이를 해줬으면 했다. 그래야 결과가 어떻든 선수 자신의 마음을 다독이고 지킬 수 있으니까.

결과는 모두가 아시다시피 올림픽 여자 골프 금메달. 박인비 선수가 해냈다. 경기를 끝내고 손을 번쩍 드는 박인비 선수를 보니 갑자기 눈물이 터졌다. 그동안 얼마나 힘들었을까, 얼마나 속이 끓었을까 생각하니 그 모든 것을 딛고 우뚝 선 박인비 선수가 너무 대견하고 자랑스러웠다. 마음이 아프면서 짠하고, 그러면서 고맙기도 하고 온갖 복잡한 감정들이 한꺼번에 올라왔다. 정말 엄마의 마음으로 대표팀 선수들과 얼싸안고 눈물을 흘렸다. 아, 이런 게 감격의 눈물인가.

그런데 잠깐, 정작 금메달의 주인공인 박인비 선수는 울지도 않고 무덤덤했다. 물론 속으로 무척 기뻤겠지만. 역시 강철 멘탈 박인비. 그래서 이렇게 우승을 하는구나. 어쩐지 나의 선수 시절 모습이 슬쩍 스쳐 지나가는 것 같은데? 어쨌거나 마지막엔 모두 웃었다. 우리는 해냈다. 정말 잘, 해냈다.

2020 도쿄올림픽
이야기

여자 골프 국가대표팀 감독으로 맞는 두 번째 올림픽이 돌아왔다. 4년이 아닌 5년 만에.

2020 도쿄올림픽은 코로나19로 인해 개최 여부 자체가 불투명했다. 전 세계적인 팬데믹 상황에서, 도쿄에서만 하루에도 수없이 많은 확진자가 속출하는 마당에 올림픽을 개최한다는 게 불가능해 보였다. 여기저기서 올림픽을 취소해야 하는 것 아니냐는 의견이 들려왔다. 나 역시 마음이 복잡했다. 코로나 상황을 생각하면 선수들의 안전을 위해 개최되지 말아야 하는 것 아닌가 싶다가도, 올림픽만을 바라보며 4년의 시간을 노력하고 훈련해

왔을 국가대표 선수들을 생각하면 이렇게 귀한 기회가 사라져도 좋은 것인가 싶은 것이다. 지난해부터 올림픽에 대한 논란이 이어지다가 결국 도쿄올림픽은 1년 연기되어 2021년에 개최되었다.

2021년에 열리는 올림픽을 앞두고 여전히 마음은 편치 않았다. 코로나 상황이 진정되지 않은 상태에서 선수들과 함께 전 세계인이 모이는 경기장에 가야 한다는 게 불안하고 두려웠다. 다행히 백신이 개발되어 선수 모두 접종을 완료했지만 만약의 사태를 생각하지 않을 수 없었다. 코로나19에 걸리면 완치되더라도 여러 후유증이 생길 수도 있다고 하니 선수들의 앞으로를 생각하면 극도로 조심해야 하는 상황인 것이다. 게다가 개최일이 7월 말부터 8월 초까지였는데, 도쿄의 여름 날씨는 습하고 덥기로 악명이 높다. 대회 시작 전부터 폭염에 대해서도 너무 걱정이 됐다.

도쿄로 출발하는 날 아침, 인스타그램 라이브를 통해 팬들에게 인사를 건네면서도 마음은 무거웠다. 그저 안전하게 무탈하게 잘 다녀오겠다는 말만 강조할 수밖에 없었다. 부디 무사히, 안전하게.

결과적으로 도쿄올림픽의 골프 종목 성적은 아쉬운 부분이 있었지만, 그 외적으로는 정말 많은 것들을 얻고 돌아온 대회였다. 특히 다른 나라 선수들에 대한 발견이 놀라웠다. 골프의 경우 아시아권 선수는 한국과 일본이 주류를 이뤘는데, 이번 올림픽에서는 인도, 태국, 필리핀 등 다양한 아시아 국가의 선수들을 새롭게 발견한 계기가 되었다. 지난 리우올림픽 때와는 또 다른 양상이었다. 5년 사이에 실력이 엄청나게 향상됐다는 게 한눈에 느껴졌다. 이번에 출전한 일본 선수들도 이전 선수들과는 스윙 스피드나 힘이 월등히 달랐다. 새로운 세대가 등장한 것이다.

이번 대회는 골프가 올림픽 공식 종목이 되면서 저변이 확대되고 있다는 걸 몸으로 실감한 대회였다. 지금까지는 투어대회 중심으로 활동하는 선수들 위주여서 한정된 국가의 선수들만 주로 노출됐다면, 올림픽이라는 국가 대항 경기를 통해 다양한 국적의 새로운 선수들이 대거 등장하기 시작한 것이다. 올림픽에 새로운 종목이 하나 생긴다는 것은 그만큼 새로운 선수들이 양성될 수 있는 환경이 만들어진다는 의미다. 국가 차원의 지원을 통해 재능 있는 선수들이 여러 국가에서 발굴되고 키워질 수 있다는 것. 그것이 올림픽이 가진 가장 긍정적인 의미일 것이다.

이제 겨우 두 번째로 치러진 올림픽 골프 경기지만 벌써 그 성과가 가시적으로 보이기 시작한 것 같다. 한국 선수들이 메달은 따지 못했지만 대신 더 많은 걸 얻은 대회였다. 그동안 미처 알지 못했던 쟁쟁한 실력의 다양한 국가 선수들과 경기를 치르면서 우리 선수들도 좋은 자극을 받았고 선의의 경쟁자도 많아졌다.

서로가 서로에게 긍정적인 영향을 주고받으며 더 좋은 선수로 성장할 수 있는 계기. 그것이 바로 이번 2020 도쿄올림픽이었다.

올림픽은 다른 투어대회와는 조금 다른 의미를 갖는다. 결과에 대한 아쉬움은 있었지만 선수들은 최선을 다했고 나라를 대표해서 경기를 치른다는 자부심과 무게감도 선수들에게 좋은 자극이 되었을 것이다. 우리 여자 골프팀 선수들도 메달과 상관없이 매 경기에 최선을 다했다는 점이 감독으로서는 무척 고마웠다.

올림픽이 열리면 경기가 끝나고 메달을 따지 못한 선수들이 "죄송합니다"라고 인터뷰할 때, 나는 정말 화가 났다. 경기 결과가 좋지 못한 것이 왜 선수가 죄송할 일인가. 그들은 이미 국가대표 선발전을 통해 최고의 실력을 가졌다는 걸 입증했고, 올림픽에서 자신의 기량을 최선을 다해 펼쳤다. 그런데 단지 금은동 메달을 따지 못했다고, 혹은 금메달이 아니라고 대역죄인처럼 고개를 숙이고 죄송하다며 사과하는 모습을 보면 기운이 빠졌다. 올림픽 정신이, 스포츠 정신이 메달에만 있는 게 아니지 않은가.

뼈가 으스러지고 연골이 닳도록 훈련을 해서 그 자리에 갔는데 단 몇 초, 몇 분 만에 승부가 결정되고 메달을 따지 못해 죄송해하는 선수들의 모습을 더 이상 보지 않았으면 했다. 그리고 바로 그런 기대가 이번 도쿄올림픽에서 이뤄졌다.

이번에는 그런 말도 안 되는 사과를 하는 사람이 아무도 없었다. 메달을 따지 못했어도, 4위를 했어도 선수들의 얼굴은 밝았다. 재미있었고, 경기를 즐겼고, 최선을 다했고, 결과를 인정한다는 유쾌한 소감들이 줄을 이었다. 아, 이제 정말 선수들과 그들을 지켜보고 응원하는 사람들 모두 성적에 연연하지 않는구나, 올림픽을 축제처럼 즐기고 있구나 싶어서 너무 기뻤다. 이제야 진정한 올림픽 정신을 느끼게 되는구나. 메달의 색깔을 떠나 대한민국 태극 마크를 달고 올림픽에 출전한 국가대표 선수들은 이미 모두 금메달리스트와 다름없다. 그들이 좌절하지 않고 선수로서 당당하게 경기를 마치고 돌아왔다는 사실이 너무 좋았다.

올림픽을 통해 근대5종이나 높이뛰기, 다이빙 같은 비인기 종목들이 널리 알려졌다는 것도 기뻤다. 〈노는언니〉 프로그램을 하면서 나는 늘 비인기 종목 스포츠 선수들이 더 많이 노출되고 그 종목들이 더 많이 알려지기를 바랐다. 어느 누구도 소외되지 않고, 차별적인 대우를 받지 않고 운동선수로서 건강하고 든든하게 활동할 수 있기를 바랐기 때문이다. 나름대로 프로그램을 통해 많은 노력을 했다고 생각했는데, 이번 올림픽에 출전한 비인기 종목 선수들의 쿨하고 행복한 모습이 전파를 타면서 나도 덩달아 기쁘고 괜히 보람찬 마음이 들었다.

비인기 종목의 경우 선수들이 적으면 그만큼 메달을 따기가 어렵다. 더 많은 종목이 널리 알려져야 다양한 선수들이 양성될 수 있다. 사람들의 관심이 많아지면 국제대회에서의 성취를 고려하지 않을 수 없으니 국가 차원에서도 선수 육성에 지원이 이뤄질 것이다. 그런 의미에서 지금이 정말 중요하고 의미 있는 시기였던 것 같다. 이번 올림픽은 스포츠를 즐기는 새로운 세대의 등장과 함께 비인기 종목이 널리 알려지면서 스포츠 저변을 확대할 수 있는 계기가 되었음이 분명하다.

올림픽 개최를 두고 말도 많고 탈도 많았지만, 결과적으로 우리 모두 아주 많은 걸 얻은 대회였다. 다음 파리올림픽이 벌써부터 기대가 된다.

치열하게 살되 그 치열함을 늘 의심하자.

지금 이 삶이 최선인지,

혹시 이 치열함이 나를 갉아먹고 있는 것은 아닌지 말이다.

골프 선수가 되려는
당신에게

운동선수는 태어나는 것일까, 만들어지는 것일까?

내가 생각하는 선수는 세 가지 유형이 있다. 운동에 타고난 재능이 있는 사람, 치열하게 노력하는 사람, 재능을 타고난 데다 노력까지 하는 사람.

선천적인 재능이 있는 선수는 크게 노력하지 않아도 어느 정도까지는 도달할 수 있다. 하지만 운동이 재능만으로 할 수 있는 건 아니다. 그래서 재능은 있는데 노력하지 않는 선수는 어느 정도 선까지 올라갔다가 그 자리에서 멈춘다. 그것은 멈추는 게 아니라 뒤로 퇴보하는 것이다. 다른 선수들은 계속해서 앞으로 나아가기 때문이다. 모두가 앞서가는데 나만 멈춰 있다면, 어느 순간 그들과의 거리는 멀어지고 나는 계속해서 뒤로 머물게 되는 것이다.

치열하게 노력하는 사람의 경우, 노력은 확실히 우리를 배신하지 않는다. 하지만 운동은 어느 정도의 타고난 재능도 필요하다. 신체적인 조건이나 지구력, 근성, 유연함, 감각 등은 노력만으로 이루어지지 않는 경우가 많다. 운동은 특히 그렇다. 그래서 죽을 듯이 노력하는 사람도 어느 정도까지는 도달할 수 있지만 결국 재능이 없다면 그 자리에 그대로 머물게 된다.

마지막으로 타고난 재능에 노력까지 하는 사람. 바로 이런 사람이 최고의 자리에 오른다. 물론 아주 드문 경우겠지만 결국 선수로서 가장 빛나는 성과를 만들어내는 건 재능형과 노력형이 적절하게 맞물린 사람이다. 하지만 재능과 노력 중에 어느 것이 더 중요하냐고 묻는다면 당연히 노력이라고 답할 것이다.

타고난 재능은 우리가 어찌해볼 도리가 없다. 부모를 탓할 수도 없고 탓한다고 없는 재능이 생기는 것도 아니다. 하지만 노력은 내 의지로 컨트롤할 수 있다. 재능도 있고 노력도 하는 사람이 좋은 결과를 내는 것은 열심히 노력했을 때 재능을 바탕으로 그것들을 빨리, 곧장, 잘 흡수하기 때문이다. 그러니 내가 두 가지 요소를 모두 갖고 있지 않다고 해서 좌절할 필요는 없다. 지금 내가 할 수 있는 것을 하면 된다. 바로 최선을 다해 노력하는 것.

골프 선수 오디션 프로그램을 하면서 후배들을 지켜보니 특징적인 모습이 있었다. 샷의 정확성과 파워에만 집중하는 경우가 많았다는 것이다. 하지만 모든 스포츠가 그렇듯이, 현장은 언제나 변수의 연속이다. 언제 어떤 상황을 맞닥뜨리게 될지 모르는 상태에서 정확도와 힘에만 집중해서 트레이닝을 한다면 위기에 대처할 수 있는 능력을 키우지 못한다.

나는 어릴 때부터 항상 모든 경우의 수를 생각하며 연습을 해왔다. 내가 원하는 대로 공을 칠 수 있는 컨트롤 능력도 중요하지만, 어떠한 상황에서도 당황하지 않고 변수에 적응할 수 있도록 대비해야 한다고 생각했다. 그래서 머릿속에 끊임없이 다양한 상황을 설정하고 이미지 트레이닝을 하며 실전처럼 연습한 것이다. US 여자오픈 대회에서 해저드에 빠진 공을 힘껏 빼낼 수 있었던 것도 어쩌면 바로 이런 대비 덕분이었을지도 모른다. 물가에 공이 빠졌을 때 어떻게 할 것인가. 흔히 벌어지는 일도 아니고 어쩌다가 한 번 있을까 말까 한 상황에 대비해서 연습을 할 필요가 있나 싶겠지만, 그 한 번이 바로 내 삶을 바꾸지 않았는가.

결국 다양한 기술을 다양한 상황에 적용할 수 있도록 적응 훈련을 해야 한다. 골프는 단순히 힘만 좋아서도 안 되고, 샷의 정확도만 좋아서도 안 된다. 결국 그 모든 훈련은 시합을 하기 위함이고 시합이란 매번 환경과 상황이 달라지는 시험의 연속이다.

세상엔 재능과 노력을 겸비한 무수히 많은 인재들이 있다. 그들 사이에서 특별한 선수가 되려면 남들과는 다른 자신만의 장점이 있어야 한다. 골프 선수는 누구나 도전할 수 있지만 아무나 성공할 수는 없다. 내가 가진 것이 근성과 성실함이라면, 노력은 기본이고 그 노력을 정확한 방향으로 두어야 한다. 열심히 가는 것도 중요하지만 제대로 가는 것도 중요하다. 학창시절을 돌아보면, 누구보다 반에서 공부를 열심히, 많이 하지만 성적은 그만큼 나오지 않는 친구들이 꼭 있지 않나. 공부 방법을 모르거나 방향을 잘못 잡은 경우인데 세상에 그것만큼 안타까운 것도 없다.

골프 선수가 되고자 하는 후배들에게 사실 가장 필요한 조언은 '노력하라'는 말이 아닐지도 모르겠다. 그들은 이미 너무나 열심히 노력하고 있다는 걸 나도 안다. 너무 많이 연습하고 너무 많은 시간을 투자한다. 하지만 그 이전에 자기 몸을 챙기면서 균형을 잡으라고 말하고 싶다. 노력은 내 몸을 혹사시키는 것을 의미하지 않는다. 내 몸은 누구보다 내가 잘 알고 아껴야 한다. 잊지 말자. 인생은 길고 선수 생활도 오래할 수 있다. 그러니 골프 선수가 되기 위해 노력하되, 무리하게 내 몸의 한계를 시험하지는 않았으면 좋겠다.

골프를
잘 치고 싶나요?

"어떻게 하면 골프를 잘 칠 수 있을까요?"

정말 많이 받는 질문이다. 골프를 10년, 20년씩 즐긴 분들이 주로 이런 질문을 많이 하시는데, 그럴 때마다 나는 그분들에게 되묻는다.

"연습장에서 연습을 많이 하시나요?"

대부분은 이 질문에 답을 하지 못하신다. 내가 생각하는 골프를 잘 치는 비결은 오직 연습, 또 연습뿐이다. 그런데 취미로 골프를 많이 치시는 분들일수록 연습을 소홀히 하는 경우가 많다.

이해가 안 되는 건 아니다. 똑같은 동작을 계속 반복해야 하는 연습은 정말 지루하니까. 취미로 골프를 치시는 분들에게는 지루한 연습보다는 넓찍한 필드에서 사람들과 소통하며 즐기는 것이 더 재미있을 것이다. 그렇게 재미있게 골프를 즐기는 모습도 충분히 훌륭하다고 생각한다.

다만 그런 와중에 골프를 좀 더 잘 치고 싶다면, 시간을 들여 연습장에 가서 연습을 열심히 하는 게 도움이 된다. 물론 직장에 다니며 귀한 휴일에 골프를 즐기는데 그 틈에 시간을 또 내서 연습장에 간다는 게 쉬운 일은 아니다. 모두가 골프를 잘 칠 필요도 없다. 즐겁게 여가를 즐기면서 레저로서 재미있게 치는 것도 의미 있고 가치 있는 일이다. 그럼에도 좀 더 욕심을 내고 싶다면 연습에 시간을 좀 더 투자하시라고 말하고 싶다.

골프를 처음 시작하려는 분들에게 질문도 많이 받는다. 장비는 어떻게 구입해야 하는지, 처음 시작할 때는 어떻게 배워야 하는지 궁금한 것들이 아주 많을 것이다. 그에 대한 답도 사실 아주 간단하다.

골프채를 먼저 살 필요는 없다. 우선 연습장에 가시라. 골프연습장에 가면 연습용 채가 구비되어 있다. 연습용 채로 시작했다가, 개인 클럽이 필요해지면 중고로 구입하면 된다. 중고 클럽으로 연습한 뒤 어느 정도 익숙해지고 실력이 나아졌다 싶으면 그때 자신에게 맞는 클럽을 구입하면 된다. 여기서 중요한 것은 반드시 프로 골퍼에게 레슨을 받으라는 것이다.

보통 골프를 처음 시작할 때 친구 따라 시작하는 경우가 많은데, 그러다 보니 나보다 일주일 또는 몇 달 더 먼저 친 친구들에게 배우곤 한다. 절대, 절대 그러지 마시라.

모든 운동은 기본이 가장 중요하다. 골프는 말할 것도 없다. 기본이 망가지면 회복하는 건 거의 불가능하다. 처음부터 제대로 배워야 한다. 요즘은 유튜브 영상도 많아서 그걸 보며 혼자 독학하는 분들도 많은데 그것보다는 연습장에 가서 직접 배우는 걸 추천하고 싶다. 만약 독학으로 잘못된 스윙을 배우게 된다면 나중에 프로 골퍼에게 레슨을 받더라도 교정하기가 정말 어렵다.

골프를 처음 시작하는 사람에게 가장 중요한 것은 기본, 또 기본이다. 무작정 친구 따라서 필드부터 나가지 말고 적어도 6개월 이상 프로 골퍼에게 제대로 레슨을 받고 시작하길 권한다. 골프는 매너가 중요한 스포츠다. 제대로 레슨을 받으면서 기본적으로 지켜야 할 매너와 에티켓을 배우고, 정확한 자세와 스윙을 배우고 필드에 나가도 늦지 않다. 잘못된 스윙은 골프를 같이 치는 사람에게도 위험하다. 공을 잘못 맞추면 앞으로 나가지 않고 엉뚱한 방향으로 튀는 경우가 있는데 혹시라도 옆에 있던 사람이 공에 맞으면 정말 큰일 난다.

프로 선수들도 대회를 많이 나가다 보면 스윙이 망가지는 경우가 있다. 이때 가장 먼저 체크하는 게 망가진 부분이 아니라 스윙의 기본 자세다. 망가진 부분을 고치는 것이 아니라 기본에서 얼마나 멀어졌는지를 체크하고 교정해나가는 것이다. 기본, 그러니까 기둥이 흔들리면 모든 게 흔들리기 때문에 그것부터 다시 잡아나간다. 애초에 제대로 익힌 기본이 없다면 회복할 곳도, 돌아갈 곳도 없을 것이다.

누구나 운동을 처음 시작하면 잘하고 싶은 마음이 든다. 아무리 오래했어도 운동이란 결국 승부를 가르는 것이기 때문에 욕심이 생기지 않을 수 없다. 그럴수록 잊지 말아야 하는 건 기본을 제대로 익히는 것과 꾸준한 연습이다. 뻔한 말 같겠지만 이것만큼 확실한 비결도 없다. 제대로 배워서 멋있게 치고 싶지 않은가? 연습도 하지 않고 잘 치길 바라는 건 시험 공부도 안 하고 시험을 잘 치길 바라는 것과 똑같다.

스포츠는 정직하다. 연습하고 익힌 만큼 실력으로 드러난다. 그러니 조급한 마음을 버리고 기본부터 차근차근 천천히 나아가자. 차분하게 배워나가다 보면 골프의 재미에 푹 빠져들게 될 것이다.

나의 영원한
후원자들

나의 팬들은 좀 특별했다.

미국에서 활동하던 시절 나를 응원하고 지지해준 사람은 주로 미국 교민이었다. 아메리칸 드림을 꿈꾸며 낯선 땅으로 떠나 그곳에서 자리를 잡기 위해 애쓰던 이민자 세대. 게다가 1998년 한국에 외환위기가 닥치면서 자영업을 하던 분들의 경제적 타격은 만만치 않았다. 외환위기는 대한민국 국민들에게만 위기가 아니었다. 안 그래도 낯선 언어와 문화, 그리고 인종차별 같은 악조건 속에서 살아남기 위해 그토록 애써왔는데 경제적인 위기까지 몰아닥쳤으니 교민들의 절망감은 이루 말할 수 없었을 것이다. 바로 그 시절에, 한국에서 온 스무 살 여자 선수가 미국 골프계를 뒤흔들었다는 소식이 들린 것이다.

　미국의 교민 팬들은 나를 보면 늘 고맙다고 했다. 나는 그저 나의 경기를 했을 뿐인데, 특별히 고맙다는 말을 들을 일이 없는데 왜 다들 그렇게 고맙다고 하실까. 팬들과 자주 만나보니 '고맙다'는 말 속에 담긴 뜻을 조금씩 알 것 같았다.

　1990년대 말 미국에서는 대부분의 사람들이 한국의 존재 자체도 몰랐다. 그들에게 한국 교민은 일본인지 중국인지 모를, 알고 싶지도 않은 '아시안'으로 통쳐서 분류될 뿐이었다. 교민들은 외로운 이방인의 삶을 받아들여야 했다. 그런데 자꾸만 TV에서 '코리아'라는 소리가 들린다. 대회장의 수많은 국기들 가운데 태극기가 함께 휘날리고 있다. 나는 단순히 우승 트로피를 거머쥔 여자 골프 선수가 아니었다. 그들에게 나는 '자랑'이었다.

　"차별받고 무시당하고… 미국 생활하면서 서러운 게 얼마나 많았는지 몰라요. 박세리 선수가 우승하면서 많은 게 달라졌어요. 내가 한국에서 왔다고 하면 다들 한국에서 온 골프 선수 봤냐고 물어본다니까요."

　LPGA 투어의 경우 출전하는 선수들의 출신 국가 국기를 골프장에 게양하는데 처음에는 태극기가 없었다. 맥도널드 챔피언십에서 우승을 했지만 어찌된 일인지 태극기는 걸리지 않았다. 그들은 어딘지도 모르는 나라에서 온 낯선 선수가 이토록 오랫동안 이런 성과를 내리라고 생각하지 않았던 것 같다. 신인 때 확주목을 받고 어느 순간 사라져버리는 선수가 드물지 않으니 나도곧 그렇게 되리라 생각했나 보다. US 여자오픈에서 우승을 하고서도 한참 후에야 태극기가 걸렸다. 인정하기 싫었지만 인정할수밖에 없는 상황이 되자 그제야 나의 나라를 인정한 것이다.

그렇게 교민들의 마음에도 작은 자부심이 싹텄다.

나의 팬들은 미국의 각 주마다 있었다.

투어 경기가 미국 전역에서 열리다 보니 매주 다른 주로 이동하게 되는데, 내가 어떤 주에 간다는 소식이 들리면 그 주에 사는교민들이 경기장에 몰려들었다. 그래서인지 팬과의 관계가 남달랐던 것 같다. 그야말로 가족같이 지냈다. 집에 놀러 오시기도 하고, 미국 생활 초반에 영어를 잘 못할 때 영어가 필요한 일에 두팔 걷고 나서주시기도 했다. 그분들과는 지금도 연락하고 지낼정도로 가까운 사이다.

선수 시절에 나의 활약 덕분에 다시 일어섰다고 고백하는 분도 있었다. 상황이 너무 어려워서 모든 것을 포기하고 극단적인선택까지 생각하던 순간이었다. 마지막으로 한국에 들어가려고했는데 우연찮게 나의 경기를 보았고 우승 트로피를 거머쥐는걸 보았다고 한다.

"아, 내가 여기서 이러면 안 되겠다 싶더라고요. 다시 시작해야겠다 생각했죠."

그렇게 다시 일어선 그분은 현재 성공한 기업가가 되었다.

골프 선수로 활동한다는 것의 의미가 이렇게까지 확장될 줄은 몰랐다. 그저 재미있어서 시작했고, 욕심이 생겼고, 꿈이 있었고, 꿈을 향해 노력했고, 덕분에 좋은 결과를 얻었을 뿐인데 그것은 개인의 성취만이 아니었다. 나의 꿈은 누군가의 희망이 되었고, 나의 스윙이 누군가를 일어서게 만들었다. 스포츠의 힘이 이런 것일까. 꿈을 향해 나아간다는 것은 그것을 지켜보는 것만으로도 서로를 향해 에너지를 발산하는 일이 되는 것일까.

한 프로그램에서 해저드에 빠진 공을 치기 위해 양말을 벗던 그 유명한 순간을 회고하자, 같이 출연한 패널 이승국 씨가 이런 말을 했다.

"위기의 순간에 벌타를 받고 다음 샷을 진행했어도 됐는데 그렇게 하면 경기를 수동적으로 할 수밖에 없게 되잖아요. 상대방이 실수하기를 기다려야 하니까. 그런데 박세리 선수가 양말을 벗는 순간, 지든 이기든 이 경기는 내가 주도적으로 끝까지 가겠다는 메시지를 보낸 거라고 생각해요. 그 장면이 외환위기 시기의 많은 사람들에게 나도 끝까지 몸부림치면 어떤 기적이 일어날 수도 있지 않을까 하는 희망을 준 것 같아요."

세상이 돌아가는 원리는 그것이 어떤 세계든 비슷한 것 같다. 내가 골프의 세계에서 성공하든 망하든 일단 시도해보겠다며 도전하고 스포츠맨십을 발휘하는 일이, 일상을 살아가는 사람에게도 똑같이 적용할 만한 용기가 되다니. 놀라우면서도 묵직한 책임감이 느껴졌다. 그때 내가 사람들에게 그런 존재가 될 수 있었다는 것은 우승 타이틀 못지않은 영광이자 잊을 수 없는 추억이다.

다시 필름을 되감을 수 있다면, 그 장면에서 잠시 일시정지 버튼을 누르고 싶다. 그리고 다들 너무 수고하셨다고, 내일은 더 나은 날들이 기다리고 있을 거라고 두 손을 맞잡고 이야기해주고 싶다.

이제는 즐겁게 살고 싶다.

좋은 사람들과 하고 싶은 일을 하면서

사회적으로도 많은 기여를 하고 싶다.

그 길을 위해 느리지만 하나씩 준비하고 실행하고 있다.

인생을 한 번 더 사는 것 같다.

은퇴 이후의 삶이란, 내게 주어진 두 번째 기회니까.

넉넉한 마음으로 당신 곁에 있을게요

내게 목소리를 낼 기회가 있을 줄은 몰랐다. 골프 선수니까 골프를 잘 쳐서 좋은 성적을 내는 것으로 말하면 된다고 생각했는데, 두 번째 인생을 시작하고 보니 마이크가 주어지는 기회가 참 많아졌다. 과묵하고 카리스마 있는 한국 여자 골프계의 전설에서, 웃기고 푸근하며 당당한 방송인 박세리가 될 줄 누가 알았겠는가. 솔직히 나도 예상하지 못한 삶이다. 그러면서 좀 더 솔직하고 진솔한 모습을 많이 드러내게 된 것 같다.

팬들과의 소통을 언제나 원했지만 현역 골프 선수로서 그럴 기회가 많지 않았다. 이제는 그런 기회를 얼마든지 만들 수 있다는 것이 너무 행복하다. 하고 싶은 말들을 다양한 방식으로 할 수 있게 된 것 같다. 이 책도 그중 하나다.

누군가에게 영감을 주고 롤모델이 될 수 있는 사람이 되고 싶었다. 단지 우승을 많이 한 골프 선수로서가 아니라 '좋은 사람 박세리'로서 선한 영향력을 발휘하고 싶었다. 힘들어하는 사람들의 등을 토닥여주고, 도움이 필요한 사람들에게 손을 내밀어주고, 조언이 간절한 사람들과 고민을 나누며 함께 성장하는 사람. 내가 바라는 것을 다 이루었는지는 아직 모르겠다. 아마도 아직은 아닐 것이다. 내겐 아직 남은 인생이 너무 많으니까.

'언니'라는 말을 곰곰이 생각해봤다. 리치 언니, 노는 언니… 나는 어쩌다가 이렇게 만인의 언니가 되었을까? '언니'라는 말 속에 어떤 기대가 담겨 있을까? 사람들은 언제 '언니'를 외치고 싶어할까? 어쩌면 언니라는 말은 자신의 든든한 그림자가 되어주길 바라는 마음일지도 모른다.

길을 찾지 못해 방황할 때, 불안 속에 흔들릴 때, 언니가 내 뒤에 서 있다면 괜찮아질 것 같다. 언제든 내게 잘하고 있다고 격려하고 잘해낼 거라고 응원해주는 왕언니가 지켜봐준다면 위로가 될 것 같다. 때로는 편안하게 아무 말이나 나눠도 다 받아줄 것 같다. 내가 돌부리에 걸려 넘어져도 번쩍 들어 안아줄 것 같다. 언제든 품에 안겨 엉엉 울어도 따뜻하게 머리를 쓰다듬으며 괜찮다고 말해줄 것 같다. '언니'라는 존재란, 바로 그런 넓은 품을 가진 사람이 아닐까. 그래서 나는 '언니'가 좋다. 많은 이들에게 언니라고 불리는 존재가 된 것이 마음에 든다.

농담처럼 시작된 '리치 언니'라는 별명은 부담스러울 때도 많았다. 하지만 지금은 금전적 의미의 '리치'가 아닌 마음이 넉넉하고 여유로운 의미의 '리치' 언니로 사는 모습을 보여주고 싶다. 나는 자타공인 맥시멀리스트지만, 나의 맥시멈에는 내가 삶을 대하는 태도가 녹아들어 있다. 내 삶은 내가 중요하게 생각하는 가치와 오래 지켜가고 싶은 인연, 스스로에 대한 믿음, 타인에 대한 배려를 잃지 않고자 하는 마음으로 가득 채운 삶이다. 무엇이든 넉넉한 것을 좋아하는 이유는 누군가에게 베풀기 위해서는 그게 어떤 것이든 나부터 넉넉해야 하기 때문이다. 내 마음에 여유가 있어야 타인에게도 관대해질 수 있다. 내 곳간에 음식이 있어야 고마운 사람들에게 따뜻한 밥 한 끼라도 대접할 수 있다. 당장 내 삶이 팍팍하고 여유가 없으면 다른 사람의 마음을 헤아릴 감정의 공간이 없을 테니까.

기왕 리치 언니라고 불리게 되었다면, 진정한 의미의 '리치한 삶'이 무엇인지 나의 삶을 통해 보여주고 용기가 필요한 사람들을 응원하고 싶다. 나의 두 번째 삶이 더 많은 이들에게 즐거움을 주고 영감을 줄 수 있었으면 좋겠다. 그렇게 오랫동안 사람들 곁에서 힘이 되는 존재가 되었으면 한다.

모두 각자의 삶을 '리치하게' 그리고 건강한 마음으로 살아낼 수 있기를 바란다.

'노는언니'들의 언니, 박세리 : <노는언니> 팀이 전하는 마음

잘해주고 싶은 우리 언니

남현희 _전 펜싱 선수

세리 언니 집에서 놀고 자고 간 다음 날, 언니 집을 나서면서 어쩐지 뒤가 허전했다. 곧 점심시간인데 내가 가고 나면 언니 혼자 챙겨 먹어야 하는데…. 피곤할 텐데 밥 챙겨 먹기도 힘들겠다 싶어서 배달앱을 켰다. 든든한 한 끼를 언니 집으로 주문하고 아직 자고 있을 언니에게 문자를 보냈다. "언니, 집으로 점심 보냈어요. 일어나면 챙겨드세요~!"

언니를 만나고 난 뒤, 누군가가 내게 와서 '팬이에요' 하며 잘해주는 그 마음이 뭔지 알게 됐다. 나도 언니의 팬이 됐기 때문이다.

운동선수는 자기주장을 뚜렷하게 내세우기 어려운 직업이다. 특히 팀 스포츠의 경우 모든 것이 팀 위주로 돌아가기 때문에 부당하거나 불의를 겪고도 침묵할 수밖에 없는 분위기다. 펜싱은 개인전도 있지만 단체전도 있기 때문에 나도 크게 다르지 않았다. 세리 언니는 나와 달리 언제나 당당하게 자기 목소리를 낸다. 좋으면 좋다, 싫으면 싫다 확실하게 의사표현을 하는 언니를 보면서 나도 그렇게 발언하고 싶다는 생각을 했다. 은퇴 후에 지도자의 길을 걷게 되니 끌려 다니지 않으려면 더더욱 그래야 한다고 느낀다.

선수 생활을 하면서 잘못된 문화가 많다는 걸 알면서도 바꾸지 못한 것이 아쉽다. 지금부터라도 지도자로서 책임감을 갖고 바로 잡아야겠다는 생각을 많이 하는데, 언니의 확실하고 당당한 태도에서 많이 배운다. 언니는 카리스마 있고 의사표현을 확실하게 하면서도 푸근하고 늘 주변 사람들을 챙긴다. <노는언니>의 왕언니로서 리더십을 발휘하면서도 권위적이지 않다. 대접받기보다는 대접하고자 하는 마음이 강해서 요리도 직접 해주고 후배들이 맛있게 먹는 걸 보며 뿌듯해하고 항상 멤버들의 말에 귀를 기울인다. 한마디로 언니는, 쉽게 정의할 수 없는 사람이다.

함께 촬영을 하면서 나는 세리 언니의 팬이 됐다. 다섯 자매들 가운데 세리 언니가 큰언니라면 내가 둘째가 된 느낌이었다. 언니가 잘돼야 내가 잘되고, 그래야 동생들도 잘된다는 가족 같은 느낌이랄까. 누구나 선수 생활이 쉽지는 않겠지만 언니는 특히 미국에서 그 오랜 세월을 홀로 고군분투했으니 얼마나 힘들었을까 생각한다. 예전에는 지금보다 여건이 더 안 좋았으니까 나와는 비교할 수 없을 정도로 고된 시간을 보냈을 것이다. 그래서 언니가 은퇴 후에 좀 더 행복하고 건강하게, 대접받으면서 살았으면 좋겠다. 언니의 두 번째 삶이 더 행복해질 수 있도록 팬으로서, 후배로서, 동료로서, 언니에게 늘 잘해주고 싶다.

닮고 싶은 우리 언니
한유미 _전 배구 선수

내가 그 유명한 '박세리'랑 방송을 한다고? <노는언니>에 참여하게 됐을 때 그저 너무 떨렸다. TV에서나 보던 유명한 사람이고 국민적 영웅인 전설의 선수랑 같이 방송을 한다니. 그야말로 연예인 만나러 가는 기분이었다.

<나 혼자 산다>에 언니가 나왔을 때 그 모습이 참 솔직하고 털털해서 인상적이었는데 실제 언니의 모습은 그때 그 모습과 다를 게 하나도 없었다. 방송에 나오는 모습과 실제 모습이 다를 거라고 생각했는데 언니는 언제 어디서든 꾸밈이 없고 솔직한 모습 그대로였다. 그래서인지 거리감이 전혀 느껴지질 않아서 우리는 금방 친해졌다.

그러면서도 역시 세리 언니는 전설이었다. 촬영을 하러 다니면 언

니는 늘 사람들에게 사인 요청을 받고 사진 촬영 요청을 받는다. 전 국민이 다 유명한 선수라는 점은 <노는언니> 촬영에도 꽤 많은 도움이 된 것 같다. 사실 코로나 시국이라서 촬영 협조를 얻기가 쉽지 않을 수 있었다. 그런데 언니 덕분에 장소 섭외가 아주 간단해진다. 세리 언니 없이 우리끼리만 했다면 섭외가 어려웠을 텐데 '박세리'가 출연하는 예능이니까 뭔가 프리패스를 받은 느낌이랄까? 세리 언니가 사인 해주고 사진 찍어주는 것만으로도 뭐든 허용이 되는 것 같다. 아, 언니가 있어서 너무 다행이야!

나는 배구 선수로서 단체 생활을 오래해와서 그런지 세리 언니가 늘 주장 언니 같은 느낌이었다. 언니가 워낙 리더십고 있고 후배들을 잘 끌어주는 스타일이라 더 그렇게 느껴진 것 같다. 우리는 항상 언니만 믿고 갔다. <노는언니> 프로그램을 처음 시작할 때 언니는 단순히 예능 출연 그 이상의 신념이 있었다. 비인기 종목의 여자 선수들이 더 많이 노출되고 해당 종목이 더 많이 알려지길 바라는 것. 언니의 그 신념은 흔들리지 않았다. 어떻게 보면 시청률이나 흥행을 위해서는 유명한 사람들이 출연하는 게 도움이 될 수도 있는데, 언니는 언제나 비인기 종목 선수들과 함께한다는 기조를 잃지 않았다. 올림픽 메달리스트야 어딜 가나 다 대우받고 어디서나 불러주고 할 테니 그렇지 않은 선수들에 대해 우리가 관심을 가져야 한다고 했다.

그런 언니를 보며 늘 우러러볼 수밖에 없었다. 아, 나도 후배들을 위해 저렇게 흔들리지 않는 마음을 가져야겠구나. 언니한테 더 많이 배우고 싶다. 이 프로그램을 시작했던 이유와 목적을 잊지 않고 끝까지 앞으로 나아가는 멋진 스포츠인. 촬영하면서 맨날 웃고 떠드느라 낯간지러운 말을 하지 못했는데 사실은 정말 이 말을 꼭 하고 싶다. 언니, 나도 언니처럼 멋있는 사람이 되고 싶어요!

감동을 주는 우리 언니
곽민정 _전 피겨스케이팅 선수

집에서 가족들이랑 TV를 보다가 나도 모르게 허리를 곧추 세웠다. 세리 언니의 선수 생활을 다룬 다큐멘터리가 방송되고 있었기 때문이다. '아, 맞다. 박세리였지. 세리 언니는, 그 전설의 박세리였지.' 방송을 통해 흘러나오는 선수 박세리의 업적과 성과에 나도 모르게 울컥해져서 눈물이 나왔다. 아, 그런데 저 언니 어제 나랑 땅바닥 구르면서 촬영하고 잠옷 입고 같이 자고 먹고 그랬는데!

가끔 언니가 전 국민이 다 아는 영웅이라는 사실과 매주 같이 운동을 배우고 고기 구워 먹던 친언니 같은 사람이라는 사실 사이에서 '혼돈의 카오스'를 느낀다. 와, 나 매주 영광의 시간을 보내고 있었네!

얼마 전에 결혼을 했다. 정신없이 결혼식을 준비하면서 초대할 사람들을 정리하는데, 세리 언니는 너무너무 바쁘니까 결혼식에 참석하기는 어렵지 않을까 생각했다. 조심스레 청첩장은 내밀었지만 언니는 방송이며 사업이며 워낙에 바쁘고 찾는 사람도 많은 사람이니까 당연히 오지는 못하리라 생각했다. 그게 당연한 것이고, 축하해주는 언니의 마음만으로도 나는 너무 좋았다.

결혼식 한 시간 전, 신부대기실의 문이 열렸다. 그런데 문이 열리자마자 세리 언니가 보이는 것이다. 그야말로 '문이 열리네요 그대가 들어오죠'의 순간이랄까! 대기실 앞에는 신랑랑 사진을 찍기 위해 하객들이 길게 줄을 서 있었는데 그 줄이 어마어마했다. 그런데 바로 첫 줄에 세리 언니가 너무 예쁜 모습으로 환하게 웃으며 서 있었던 것이다. 언니는 얼굴이 알려진 사람이고 워낙 유명한 사람이니까 대기실 앞에 줄을 선다는 게 어쩌면 불편하고 신경이 쓰였을 텐데, 제일 먼저 와주었다는 사실이 너무 감동적이었다.

그때는 정신이 없어서 제대로 말하지 못했는데 그날 언니에게 정말 고마운 마음이 들었다. 세리 언니는 미국에서 오래 생활했기 때문에 한국에서 결혼식을 많이 가본 적도 없다고 들었다. 어떻게 보면 정말 의리로 찾아와주었을 텐데, 그 바쁜 스케줄 속에서 나의 결혼을 축하해주기 위해 굳이 발걸음을 했다는 게 정말 말로 다 하지 못할 정도로 감사했다.

나는 자매가 없어서 항상 자매가 있는 선수들이 부러웠다. <노는언니>를 하면서 내게도 자매가 생겼고, 언니가 생겼다. 우리는 친자매처럼 서로 거리감이 없고 내숭이나 가식도 없다. 언니가 잔소리도 하고 챙겨주기도 하고 음식을 손으로 버무리다가 입에 넣어주기도 할 때면 정말로 내게 친언니가 생긴 것 같다. 팀을 나눠서 게임하는 촬영을 할 때면 최약체(?)인 나와 언니가 늘 같은 팀이 되어서 투덜거리지만 나는 그런 언니가 너무 좋다. 든든하고 믿음직스러운 우리 큰언니.

언니, 우리는 정말 '운명의 데스티니'라니까요!

오래 같이하고 싶은 우리 언니　정유인 _ 수영 선수

먹는 것에 진심인 사람, 그런 사람이 여기 또 있다니. 신난다!

언니와 함께 촬영하면서 오랜만에 든든한 동지를 만난 기분이었다. 나는 운동선수 중에서도 특히 먹는 걸 중시하는 편인데, 세리 언니는 그런 나와 궁합이 너무 잘 맞았다. 첫 촬영 때 마트에 갔는데 언니가 먹고 싶은 걸 다 사라고 해서 나는 정말 신이 났다. 언니도 정말 먹는 것에 진심이구나!

언니랑 촬영하면서 같은 운동선수로서 통하는 점이 참 많다고 느꼈다. 음식에 대한 마음은 물론이고 부상에 대한 염려도 그랬다. 나는 <노는언니> 멤버들 중에 유일하게 아직 현역 선수라서 언니가 정말 많이 챙겨줬다. 워낙 도전하는 걸 좋아하는 성격이라서 매회 새로운 종목을 배울 때마다 적극적으로 덤비곤(?) 했는데 세리 언니는 옆에서 항상 말렸다. "너 그러다 다치면 어쩌려고 그래. 현역 선수가 조심해야지." 맞다, 나 아직 현역이지. 부상을 조심해야 한다는 사실을 늘 일깨워주는 언니가 정말 고마웠다.

언니는 항상 우리 편이었다. 다들 운동선수 출신이다 보니 의사 표현을 분명히 하지 못하는 성향이 있는데 그럴 때마다 세리 언니는 우리의 귀와 눈과 입이 되어줬다. 제작진과 멤버들 사이에 늘 세리 언니가 있었다. 나는 특히 나이도 어려서 하고 싶은 말을 선뜻 하지 못하는데 언니는 그런 우리가 불편하지 않게 제작진들에게 최대한 목소리를 내준다. 잠자리가 부실하거나, 너무 힘들다거나, 너무 덥다거나 하면 우리는 보통 그냥 넘어가는데 언니는 제작진에게 바로 얘기해준다. 우리가 놓치는 것들이 있으면 먼저 나서서 짚어주고, 프로그램 진행에 필요한 부분들이 잘 준비되도록 항상 먼저 챙긴다. 그래서인지 촬영장에서 변수가 별로 없고 녹화가 착착 진행되는 편이다. 세리 언니처럼 확실한 입지와 위상을 가진 사람이 함께 있으니 가능한 일일 것이다. 언니가 있어서 정말 든든하다.

<노는언니>는 코로나 시대의 선수 생활을 버티게 해준 힘이었다. 코로나19로 인해서 수영장이 폐쇄되고 시합이 취소되면서 훈련도 제대로 하지 못하게 됐다. 그때 <노는언니>가 없었다면 나는 정말 우울한 시간을 보냈을 것이다. 촬영을 하며 자매 같은 언니들을 만나고, 세리 언니의 보살핌과 챙김을 받고 새로운 종목을 배우며 활기를 되찾았다. 내게는 정말 은인 같은 프로그램이다. 세리 언니는 가끔 농담처럼 "나 없어도 니네끼리 잘하겠구만?" 하고 말하는데 그때마다 정말 가슴이 철렁한다. 언니, 안 돼요! 그런 얘기하지 말아요, 저랑 오래오래 방송 같이 해주셔야 해요!

본문 사진 출처
8~11쪽 게티이미지코리아
239쪽 티캐스트 이채널 노는언니 제공

세리, 인생은 리치하게

초판 1쇄 발행 2021년 10월 22일 **초판 2쇄 발행** 2021년 11월 3일

지은이 박세리
펴낸이 이승현

편집1 본부장 배민수
에세이2팀장 정낙정
편집 김혜영
기획팀 박경아
원고진행 정유민
디자인 김준영

펴낸곳 ㈜위즈덤하우스 **출판등록** 2000년 5월 23일 제13-1071호
주소 서울특별시 마포구 양화로 19 합정오피스빌딩 17층
전화 02) 2179-5600 **홈페이지** www.wisdomhouse.co.kr

ⓒ 박세리, 2021

ISBN 979-11-6812-031-0 03810

* 이 책의 전부 또는 일부 내용을 재사용하려면 반드시 사전에 저작권자와
  ㈜위즈덤하우스의 동의를 받아야 합니다.
* 인쇄·제작 및 유통상의 파본 도서는 구입하신 서점에서 바꿔드립니다.
* 책값은 뒤표지에 있습니다.